LES NAUFRAGÉS
DU 14-18

K.-H. SCHEER

LES NAUFRAGÉS DU 14-18

COLLECTION « ANTICIPATION »

6, rue Garancière - Paris VIᵉ

Titre original :
Losung Takalor

Traduit et adapté de l'allemand par
Marie-Jo DUBOURG

CHAPITRE PREMIER

Le caleçon rouge du major Annibal Othello Xerxes Utan lui arrivait juste au-dessus du genou. Il était beaucoup trop large pour un homme comme lui et quand il traversa la cabine du déformateur temporel pour gagner son fauteuil, à chaque pas il flottait sur ses jambes d'une maigreur à faire pitié.

Sans doute avais-je regardé le nabot d'un air bête car il s'arrêta brusquement, se mit les poings sur les hanches et demanda :

— Quelque chose ne convient pas à monsieur le général de brigade ?

Je le regardai en ricanant.

— A moi, si. Mais il semblerait que ton caleçon soit devenu un peu trop grand.

Kiny Edwards fit entendre un petit gloussement amusé.

Framus Allison toussota derrière sa main et demanda avec un sérieux hypocrite :

— Dites-moi, c'est bien ce que vous avez

hérité de votre grand-père maternel hélas décédé trop tôt, n'est-ce pas ?

Annibal souffla bruyamment, avec mépris.

— Maintenant que nous regagnons la civilisation, il m'est quand même permis de remettre les vêtements de cette civilisation, non ?

— Ne me dérangez pas ! demanda le professeur David Goldstein.

Je lui jetai un regard surpris. Y avait-il des difficultés ? A vrai dire nous n'avions pas à en attendre car cela faisait partie des propriétés hyperphysiques du transmetteur temporel dans lequel nous nous trouvions, que celui-ci, après un voyage dans le passé, revînt à son époque de départ. Cela était automatique et ne nécessitait pas de connexion particulière et compliquée. Le professeur Goldstein n'avait rien d'autre à faire que de surveiller les instruments et en y regardant de près, cela était même superflu. Il n'avait de toute façon pas les moyens d'intervenir dans le déroulement des événements techniques.

— Si vous voyez dans ce caleçon flottant le symbole de la civilisation du XXIe siècle, dit Framus Allison, eh bien, merci ! Laissez-moi rire !

— Avant de rire, vous feriez mieux de vous occuper de votre paquetage spécial, Framus. Il s'y trouve un caleçon coupé à vos mesures, répondit Utan d'un ton mordant.

8

J'avoue que je l'ai d'abord pris pour un parachute.

— Ça suffit, maintenant ! dis-je en glissant mon pouce sous la ceinture de sécurité que j'avais bouclée, comme tous les autres à bord du déformateur, bien que je ne m'attendisse pas à des difficultés ou des secousses. Seul le major Utan était debout dans la cabine, libre de ses mouvements. Il me comprit sans que j'eusse besoin de fournir d'autres explications et il se dirigea vers son fauteuil sans poursuivre ses considérations sur les caleçons.

A cet instant, nous fûmes frappés avec la violence d'une explosion et plusieurs choses se produisirent en même temps.

Utan, pressentant l'événement, réagit à sa manière, incroyable et stupéfiante pour les non-initiés. Il plongea dans son fauteuil. Les ceintures de sécurité se bouclèrent automatiquement bien qu'il ne fût pas tout à fait parvenu à s'asseoir correctement. Il avait encore une jambe sur le dossier du fauteuil et se trouvait donc dans une position extrêmement inconfortable. Mais cela ne jouait pas un rôle décisif. La seule chose importante c'était qu'il était attaché.

A la même seconde il me sembla que le déformateur temporel s'était jeté contre un mur d'énergie. Dehors, quelque chose parut éclater. Je fus projeté en avant. Mais les ceintures de sécurité me maintinrent en douceur, se tendirent et me plaquèrent fortement sur mon siège. Heureusement, car l'instant d'après, d'autres secousses se produisirent qui nous eussent envoyés tourbillonner comme des balles à l'intérieur du transmetteur temporel si nous n'avions pas été attachés.

Le professeur Goldstein manipula les commandes par des gestes rapides tout en sachant certainement que c'était inutile. Il était balancé d'un côté et d'autre par les secousses. Nous ne percevions presque aucun bruit. Seuls les groupes énergétiques du cube bourdonnaient un peu plus fort que d'habitude. Nous ne pouvions voir ce qu'il y avait dehors.

Je déployai mes palpeurs télépathiques et tentai de percer l'obscurité brumeuse qui nous enveloppait.

Je n'y parvins pas avec la netteté habituelle. Dehors, l'enfer semblait régner. Je perçus des cris télépathiques d'hommes. Ils étaient brefs et aigus et semblaient pourtant contenir des années de vie entières. Joie et effroi, allégresse et tristesse, peur et ivresse de la victoire se mêlaient autour de moi comme dans un kaléidoscope. Mais rien n'était constant, rien n'était durable. Tout filait devant moi à vive allure comme si j'étais dans un véhicule fonçant à une vitesse meurtrière au-dessus d'une foule. Les impressions étaient trop brèves, je ne pouvais les retenir.

Ma tête bourdonnait et je me retirai, au bord de la panique. Alors seulement je pris conscience que le calme était revenu. Le professeur Goldstein me regardait.

— Ça ne va pas, général ? demanda-t-il, bouleversé. Vous avez crié.

— Ce n'est rien.

Je vis les yeux d'Annibal. Ils étaient soucieux.

« Tu as essayé. »

Ses paroles télépathiques me firent l'effet d'une accusation bien qu'elles ne l'aient certainement pas été.

« Il me fallait savoir ce qui se passait dehors, répondis-je sur le même mode. Mais je ne l'ai pas appris. »

« Ça n'est pas possible, constata-t-il. Tu ne peux pas intervenir à travers le temps, même télépathiquement. »

Le transmetteur temporel parut se cabrer. Soudain nous ne fûmes plus assis dans nos fauteuils mais couchés sur le dos. Pendant quelques secondes je craignis que le cube ne se renverse mais ensuite il rebascula vers l'avant. Je me sentis soulevé des coussins. Nous tombions dans les profondeurs. Involontairement, mes doigts agrippèrent les ceintures de sécurité. Le choc violent de l'impact allait arriver.

Chose étrange, il ne se produisit pas.

Le déformateur temporel se stabilisa. Il s'enfonça doucement en avant et s'arrêta. Nous n'avions encore jamais rien vécu de tel. L'appareil ne pouvait se déplacer que dans le temps et non simultanément dans l'espace ; une seule chose à la fois était possible.

Ou nous serions-nous trompés ?

— Etes-vous sûr de n'avoir pas manipulé les commandes par mégarde, professeur ? demanda Annibal soupçonneux.

Il défit sa ceinture et ramena enfin sa jambe prisonnière en position confortable. Son comportement me montra qu'il croyait que tout était déjà terminé.

— Naturellement, répondit Goldstein.

Il était irrité, d'autant plus que l'incident lui-même l'avait extrêmement inquiété. Bien entendu il ne s'y connaissait pas suffisamment en matière de déformateur temporel pour pouvoir en fabriquer la copie conforme. Bien au contraire. Mais nous nous estimions heureux qu'il pût le piloter d'une main à peu près sûre. Nous savions quelles touches nous devions enfoncer mais nous ne comprenions pas quels processus techniques nous enclenchions par là. Toute perturbation nous donnait froid dans le dos car nous ne pouvions jamais dire quelles en seraient les conséquences.

— N'aurions-nous pas découvert, par

hasard, une autre propriété de ce chariot temporel ? s'enquit encore le nabot.

Il écarta les ceintures et se dirigea vers le professeur Goldstein en relevant son caleçon dont l'élastique laissait à désirer. Il jeta un regard inquisiteur par-dessus l'épaule du spécialiste.

— Peut-être peut-il quand même changer de position pendant le voyage ?

— Sottise ! répliqua sèchement le professeur. Nous savons avec une certitude absolue qu'un déplacement géographique pendant la transmission temporelle est impossible. C'est tout à fait exclu. Tafkar disposait d'un modèle construit par les Martiens peu avant la fin de la guerre et avec lequel il pouvait voyager dans le futur tandis que nous, depuis le passé, nous ne pouvons que revenir tout au plus dans notre présent. Les Martiens ont donc accompli un grand progrès. Mais même avec ce nouvel appareil, ils ne peuvent se déplacer en même temps dans l'espace. Là je suis absolument formel.

Annibal tendit le bras droit et indiqua ce quelque chose inconnu qui devait se trouver dehors.

— Alors tout va bien, professeur, dit-il d'une voix qui me révéla qu'il pensait exactement le contraire. Alors le cube n'a fait que s'ébrouer. J'ai pourtant la fichue impression que nous avons effectué une énorme glissade mais si vous dites que ce n'est pas possible, alors ça ne l'est pas.

— Peut-être nous sommes-nous un peu embrouillés avec le temps, fit remarquer Framus Allison. Est-il possible que nous soyons partis le 31 décembre 2010, quelques secondes avant 0 heure ?

— Ha, ha, ha ! fit Annibal avec ennui. C'est sans doute ce qu'on appelle l'humour australien, n'est-ce pas ? Et si maintenant vous nous souhaitez une bonne année, Framus, je vais mourir de rire.

Je me levai.

Le professeur Goldstein enfonça quelques touches et s'appuya en arrière dans son fauteuil. Il me fit un signe de tête. Notre voyage dans le temps était terminé. Nous étions sortis du fleuve du temps le 8 février 2011, à proximité de Plymouth comme prévu. En tout cas, c'était ce qu'indiquaient les instruments.

Nous pouvions donc quitter le déformateur et aller jeter un coup d'œil dehors. Ensuite nous pourrions conduire l'appareil en un lieu stratégiquement plus adapté et réclamer au C.E.S.S. les équipements qu'il nous fallait de toute urgence pour notre mission dans le passé. Une fois ce problème réglé, nous pourrions retourner pour la seconde fois à une époque dont la réalité se trouvait 187 000 ans plus tôt.

Je pris mon radiant énergétique martien. C'était une précaution toute naturelle. J'étais certes convaincu que malgré les secousses inattendues, nous avions atteint l'objectif fixé mais un agent spécial du Contre-Espionnage Scientifique Secret se devait d'être méfiant. Il ne devait pas se jeter dans un piège par manque d'attention. Quoi qu'il se fût passé, quelle que fût la situation au-dehors, nous ne devions pas débarquer comme des touristes trop confiants.

Je n'aurais pas été surpris si j'avais trouvé devant l'écoutille de sortie, le visage acajou du général à quatre étoiles, Arnold G. Reling. Au contraire. La présence du chef du C.E.S.S. aurait été pour moi la confirmation attendue que tout allait bien.

Annibal se souvint qu'il ne portait toujours que son caleçon rouge. Il prit sa combinaison d'uniforme et l'enfila. Après quoi il parut beaucoup plus présentable qu'avant. Moi aussi j'avais repris mes vêtements habituels, renonçant au déguisement qui avait été nécessaire pour notre excursion dans le passé.

Quand le minus posa son radiant au creux de son coude et se tourna vers l'écoutille de sortie, je l'ouvris. En même temps je sondai avec mes sens psy le terrain s'étendant devant nous.

Je ne rencontrai pas d'écho.

Je sortis pourtant l'arme au poing.

Au premier regard je compris que quelque chose avait mal tourné.

— Sacrebleu ! dit le nabot en abaissant son radiant. Je savais bien que Goldstein avait bricolé !

Le déformateur temporel se trouvait dans une dépression entre des broussailles épaisses et des hêtres de grande taille. La flore cadrait avec cette région. Je vis des pins rabougris, des myrtilles et des mousses. Pas un signe n'indiquait que le transmetteur temporel s'était déplacé dans l'espace. Il n'avait pas dévalé de pente et n'avait ni éraflé ni fracassé les branchages qui étaient au-dessus de lui. Il avait simplement surgi sous les arbres. En une seconde il avait émergé du néant.

A travers les broussailles, Annibal et moi grimpâmes sur une éminence. De là nous aurions dû voir une station radar et de nombreux édifices modernes. Mais ils n'existaient plus, ou mieux, pas encore.

La route de béton qui avait séparé le terrain escarpé entre Ruder's Hill et Lyme Bay, à l'est de Plymouth, n'était plus là. A sa place je pouvais repérer une entaille étroite entre les arbres et à un endroit je découvris un chemin qui méritait tout au plus le titre de sente.

Sur la côte se trouvaient quelques chaumières primitives sans doute habitées par des pêcheurs. Sur des tiges noirâtres était accroché quelque chose que je crus pouvoir identifier comme du matériel de capture.

— Ciel ! dit Annibal en gémissant. Vois-tu les galères espagnoles sur la Manche ou ai-je des éblouissements ?

Il étira tristement les lèvres en tentant en vain de plaisanter. Sa voix n'exprimait pas l'humour mais le désespoir. Naturellement on ne voyait pas un seul navire sur la mer.

Le nabot me regarda d'un air réclamant de l'aide.

— En quel siècle avons-nous atterri, mon grand ? Mais dis quelque chose !

Embarrassé, je gardai le silence. Qu'aurais-je dû répondre ? Nous avions risqué le saut dans le passé sur presque deux cent mille ans et jusqu'à cet instant nous avions considéré comme acquis que nous retomberions à notre époque. Pas une seule fois je n'avais pensé que la technologie martienne puisse faire une erreur. Et pourtant il ne pouvait plus y avoir de doute.

Nous n'étions pas en l'an 2011 après J.-C. Nous n'avions pas atteint notre propre époque. Le saut de retour depuis l'an 185 000 avant J.-C. avait certainement été trop court de nombreuses décennies.

— Nous voilà définitivement dans le pétrin, constata Annibal.

Dans ses yeux scintillait une lueur dangereuse et je fus presque tenté de prendre un contact télépathique avec lui.

— Sais-tu comment nous parcourrons le reste ?

Je haussai les épaules et jouai l'indifférent, ce que je n'étais absolument pas.

— Goldstein va réactiver le déformateur temporel. Comment sinon ?

— C'est donc si simple que cela, constata-t-il plein d'amertume.

Il savait que le professeur pouvait mettre en marche le transmetteur plusieurs fois sans obtenir un autre résultat. Nous étions vraiment pris au piège. Nous étions échoués dans le temps.

Je me passai le dos de la main sur les lèvres. Elles étaient très sèches. Je me faisais l'impression d'avoir perdu tout appui. Ce qui nous était arrivé n'aurait pu être pire.

— Nous n'avons aucun moyen de réparer ce fichu rafiot, dit Annibal et il donna un coup de pied à une racine. Sais-tu ce que cela signifie ?

— Bien sûr.

— Ah, quoi ! tu n'en as pas la moindre idée, me lança-t-il, furieux.

Il était sur le point de perdre le contrôle de soi.

— Sa Béatitude Tumadschin Khan, seigneur galactique, peut fonder son empire sur la Terre. Avec la force de son cerveau aux fonctions modifiées par des médecins géniaux, il va s'emparer du pouvoir et fonder un empire qui...

— Tais-toi ! ordonnais-je d'un ton cinglant.

Nos regards se croisèrent et il sursauta. Je le vis pâlir et ses yeux s'élargirent. Il gémit et se mit les mains sur les tempes.

— Ça suffit, dit-il péniblement.

Effrayé, je me retirai. Il n'avait pas été dans mes intentions de le torturer parapsychiquement.

— J'espère que tu comprends bien qu'une telle évolution ne se produira pas, déclarai-je de nouveau avec plus d'énergie que je ne le voulais en réalité.

Il éclata d'un rire sans joie.

— Cela ne pourra être évité, dit-il. A chaque pas que nous ferons, nous influerons sur le futur. Des paradoxes temporels ne pourront absolument pas être évités si nous finissons par vivre à cette époque-ci.

— Que veux-tu dire par là ?

Il se détourna et se dirigea vers un arbre abattu. Avec lassitude il s'assit et regarda vers la mer.

— Tu le sais bien. Si nous ne pouvons disparaître d'ici et retourner dans notre temps, il n'y aura qu'une seule conséquence.

Il appuya le bout de son index sur sa tempe et recourba le pouce.

— Nous n'en sommes par encore là, dis-je calmement. Viens, rejoignons les autres.

Il se leva et se tourna vers moi. Il allait beaucoup plus mal qu'il ne le paraissait. D'un coup je pris conscience que nous devions informer immédiatement les autres et empêcher ensuite un effondrement psychique.

— Fichue saloperie ! dit le nabot à voix basse. Si au moins je savais quelle date nous sommes aujourd'hui. J'aimerais savoir au moins cela.

Quand nous voulûmes retourner au déformateur temporel, le professeur Goldstein vint à notre rencontre. Il avait vu que nous pouvions nous déplacer librement et ouvertement et en avait conclu, à juste titre que nous ne nous sentions pas menacés.

— Quand sommes-nous ? demanda-t-il.

Encore une fois, le nabot ne put s'en abstenir. Il vérifia la position du soleil, se mit le doigt dans la bouche, le dressa ensuite en l'air et répliqua :

— Eh bien, je dirais à peu près 13 heures, temps européen moyen.

Goldstein lui jeta un regard réprobateur.

— Vous savez très bien ce que je veux dire.

— Ah oui, répondit Annibal avec un ricanement lui déformant la bouche. Nous avons regardé autour de nous en fonction de cette question, professeur, mais nous n'avons découvert ni Vikings, ni Bering, ni Lord Nelson, ni sir Walter Raleigh.

Manifestement, Goldstein n'avait aucune envie de répondre à ce genre de remarques. Il s'adressa à moi.

— Nous avons vécu ce qui est arrivé aux Martiens pendant leur voyage dans le temps, déclara-t-il. Vous souvenez-vous de la description de Khoul, le Pré-Africain?

J'inclinai la tête. Je n'avais que trop présent à l'esprit ce que cet homme nous avait appris. Neuf Martiens avaient quitté leur déformateur temporel et l'on ignorait ce qu'ils étaient ensuite devenus.

— Les Martiens ont disparu, constata-t-il.

— Je le sais.

— Nous pouvons en conclure qu'il y a du danger ici.

— A condition que par un effet constant d'hyperphysique, nous soyons effectivement sortis là où l'expédition de Mars a été arrêtée, répondis-je.

— Bon, alors tout cela n'est pas aussi terrible que nous le pensions, intervint Annibal avec ennui. (Il fourra ses mains dans ses poches.) Alors, à vrai dire, il ne peut pas nous arriver grand-chose.

— Ah bon, vous croyez cela? demanda Goldstein violemment.

Le nabot haussa les épaules.

— Pas de panique chez les scientifiques, s'il vous plaît, demanda-t-il. Nous ne pouvons nous le permettre. Accrochons-nous donc au fait que l'Atlante Tafkar a pu poursuivre son voyage après ce séjour forcé au cours duquel neuf Martiens ont disparu. Il a finalement atterri, comme prévu, en l'an 2011. Pour nous il devrait être encore plus simple de quitter cette époque-ci car nous ne voyageons que dans le futur relatif, donc vers notre temps de départ.

— Exact, consentit Goldstein. Par contre, Tafkar devait se rendre dans son futur véritable. Il s'avançait dans l'incertitude la plus complète tandis que nous avons un point de repère concret sur lequel nous pouvons nous régler ou plus exactement sur lequel l'automatisme du déformateur temporel peut se régler.

— Ah, enfin, dit Anibal comme si l'on était parvenu à résoudre un problème difficile. Dans ce sens nous n'avons pas de véritable machine temporelle mais seulement un appareil présent-passé, tandis que Tafkar a une machine passé-présent-futur. Maintenant, supposons...

— Ça suffit, l'interrompis-je. Nous avons déjà compris.

— Vraiment ? demanda-t-il en feignant de ne pouvoir imaginer qu'il en fût ainsi.

— Nous retournons à bord, décidai-je.

Et quand nous eûmes rejoint les autres, je refermai l'écoutille.

« Reste un peu aux aguets, petite », demandai-je à Kiny par télépathie. Et je lui fis comprendre que pour le moment je ne voulais pas savoir quelle était la situation en bas, près des cabanes de pêcheurs ou plus loin dans Plymouth. Je voulais seulement empêcher que quelqu'un ne surgisse à proximité immédiate du déformateur et puisse se retirer sans être remarqué. La petite comprit. Elle m'adressa un signe de tête amical, en souriant.

CHAPITRE II

Framus Allison baissa les mains. Il me regarda et secoua la tête.

— Rien, annonça-t-il. Il semble que nous sommes à une époque où même les radiocommunications les plus élémentaires, en morse, sur ondes courtes ou longues, sont encore inconnues.

J'avais suppose quelque chose de ce genre. La Manche était trop déserte. Il aurait dû y avoir au moins un ou deux navires, or nous n'avions rien pu voir. Au cours des heures écoulées, Annibal et moi étions plusieurs fois sortis à tour de rôle. Entre-temps, le ciel s'était couvert et le vent s'était levé. La pluie tombait sporadiquement.

Le professeur Goldstein examinait les éléments de commande du transmetteur temporel avec la plus extrême prudence. Il savait qu'il ne devait rien endommager. Ce qu'il démontait, il devrait ensuite le reconnecter correctement car sinon nous n'aurions absolument plus aucun moyen de quitter cette époque.

Je n'avais guère envie de passer le restant de mes jours au Moyen Age.

Je repoussai l'assiette avec le hachis de viande dont je n'avais mangé que la moitié. A bord, tout était calme. Je percevais seulement de temps à autre le cliquetis des outils de mécanique de précision dont se servait le professeur Goldstein. Le colonel Reg Steamers, psychologue et ultralogicien des ensembles, le major Naru Kenonewe au front orné de cicatrices factices, chef d'une escadrille africaine de chasseurs spatiaux et membre d'équipage de notre croiseur *1418*, Kenji Nishimura, médecin et chirurgien en transplantation et le diagnostiqueur psy Samy Kulot étaient calmes. Il n'y avait plus matière à discussion. Nous ne pouvions plus qu'attendre que le professeur Goldstein trouvât enfin le défaut et le réparât pour que nous puissions poursuivre notre voyage de retour dans notre futur.

Annibal s'appuya contre la cloison, dans l'encadrement de l'écoutille de sortie et regarda dehors d'un air endormi. La pluie tombait avec un clapotis monotone.

Nous nous étions tellement habitués à ce bruit régulier que tout d'abord nous ne perçûmes pas le bourdonnement. Puis Framus Allison se redressa soudain.

— Il y a quelque chose dehors, dit-il d'une voix étouffée.

— Eh ! s'écria le nabot au même moment. J'entends quelque chose !

Je me levai et allai vers lui. Effectivement, un bruit de moteur s'approchait, venant de la mer.

— Ça n'est pas possible ! dit Annibal. Framus a déclaré qu'il n'y avait pas encore de radio. Alors comment ceci se fait-il ?

— J'ai seulement constaté que je ne captais pas de signaux radio, corrigea le scientifique australien. Mais cela ne veut pas dire, et de loin, qu'il n'existe pas quelque chose de ce genre. Peut-être que le silence radio était de rigueur.

Le bourdonnement s'amplifia. Je tentai d'apercevoir quelque chose à travers la brume des nuages, mais en vain. Il y avait quelque chose au-dessus de la couche nuageuse. Ce devait être une machine propulsée par des moteurs à explosion.

En bas, sur la côte, quelque chose explosa. Un grondement sourd monta vers nous.

— Là-bas on tire au canon sur le bourdon là-haut, dit Annibal. Ecoutez donc.

Les uns après les autres, nous quittâmes le déformateur temporel. Pour nous il n'y avait pas de danger. Nous étions trop loin du lieu de l'événement. En dépit de la pluie encore plus violente que précédemment, nous nous éloignâmes de notre machine et montâmes rapidement sur une éminence d'où l'on pouvait voir jusqu'à la côte. Dans la région où devait se trouver Plymouth, quelques nuages de fumée s'élevaient. Les bruits d'explosion venaient de là-bas.

La nature se montra compréhensive envers nous. Il cessa de pleuvoir. Quelques minutes plus tard seulement, les nuages se déchirèrent. Le bruit du moteur était maintenant presque au-dessus de nous. Nous guettions le ciel et nos espoirs furent comblés. Le voile de brume s'amincit et alors nous aperçûmes un objet volant cylindrique et étiré.

— Ça ne peut être un astronef, dit Samy Kulot.

— C'est un zeppelin ! s'écria Annibal. Là, regardez, sur les stabilisateurs de queue on aperçoit l'emblème allemand ! Une croix.

Les nuages se refermèrent. Le zeppelin se dirigeait vers Plymouth. J'étais maintenant plus que jamais, convaincu que la ville côtière était vraiment Plymouth. Nous ne pouvions la voir mais je ne doutais pas de sa présence là.

A l'ouest, un biplan surgit soudain au-dessus des arbres. Dans la lumière singulière je pus voir nettement l'emblème britannique. Sur l'avion, des mitrailleuses crachèrent quand l'appareil rentra dans les nuages. L'équipage du zeppelin se défendit. Nous entendîmes le crépitement des armes. Quelques minutes seulement s'écoulèrent puis le biplan sortit des nuages en vrille. La queue de l'appareil était en feu. Nous pûmes observer le pilote qui était tombé de l'avion. Il battait désespérément des bras et des jambes mais ne pouvait plus rien faire pour sauver sa vie car il n'avait pas de parachute. Il s'écrasa dans la forêt à environ deux kilomètres de nous. L'appareil tomba à proximité immédiate des maisons de pêcheurs et acheva de brûler.

Le zeppelin n'avait manifestement pas subi de dégâts. Il poursuivit sa route vers le sud-ouest. Puis les bombes s'abattirent sur Plymouth. Au bout d'un moment une vingtaine de nuages de fumée s'élevèrent là-bas. Les défenseurs de la ville tiraient au canon sur l'assaillant mais ne pouvaient rien faire contre lui. Sans doute que le zeppelin volait trop haut et que les bancs de nuages au-dessus de Plymouth étaient trop épais pour que les canonniers puissent viser avec une assez grande précision.

Quand les Allemands se retirèrent, je regardai mon chronomètre. Il ne s'était écoulé qu'une demi-heure.

— Nous retournons à bord, ordonnai-je.

Comme il se remettait à pleuvoir et que le combat était terminé, je n'eus pas besoin d'en dire davantage. Les hommes se hâtèrent vers le déformateur temporel. Kiny Edwards n'avait pas quitté le bord et j'étais content qu'elle n'ait pas assisté à la chute mortelle du pilote britannique.

— Ne nous y trompons pas, dis-je, la situation est explosive.

— N'exagérez-vous pas un peu ? demanda Framus Allison.

— Nullement. Etes-vous au courant du déroulement de la Première Guerre mondiale et de l'importance stratégique des ports de la Manche ?

— Eh bien, pour être franc...

— C'est bien ce que je pensais. Et il en va sans doute de même pour les autres. Il devrait maintenant être bien clair que nous sommes à l'époque de la Première Guerre mondiale. En 1915 ou 1916. Comme nous sommes partis de l'hypothèse que le déformateur temporel ne peut se déplacer simultanément dans l'espace et dans le temps, nous sommes donc restés dans la région de Plymouth. A l'heure actuelle, ce port est une base importante de la flotte britannique.

— Je me souviens, dit Framus Allison. A Plymouth sont stationnées principalement des unités légères pour la protection des convois, la lutte anti-sous-marine et la défense de la Manche.

— Flottilles de torpilleurs, unités de destroyers et croiseurs légers, complétai-je. Ils sont chargés principalement de la protection et de la défense militaire. De Plymouth, des biens de ravitaillement considérables partent pour le front français. Le port a donc une importance énorme.

J'avais l'impression de sentir presque physiquement le malaise de mes compagnons.

— A l'époque où nous nous trouvons maintenant, la peur des espions est omniprésente. Quiconque se trouve ici sur cette île et ne peut prouver clairement son identité, doit s'attendre aux réactions les plus dures. Les espions ou ceux que l'on prend pour tels, sont pourchassés comme du gibier. On va nous considérer a priori et incontestablement comme une force ennemie et on ne commencera pas par poser des questions.

— C'est bien beau, objecta Allison tranquillement. La situation est désagréable. Mais n'oublions pas que notre cube peut voler. Nous pouvons donc disparaître tout simplement. Goldstein peut poursuivre ses réparations ailleurs, en un lieu plus sûr.

— Vous vous trompez, malheureusement, répliqua le professeur. Actuellement, le cube n'est pas en état de voler. J'ai déjà essayé. Quelque chose est bloqué. Il me faudra encore plusieurs heures pour remettre en état ne serait-ce que le dispositif de vol.

Affectés, nous gardâmes le silence. Nous étions réellement pris au piège. Si les Britanniques nous découvraient maintenant et attaquaient, la situation pouvait devenir extrêmement désagréable pour nous. Après tout, ils disposaient déjà d'armes avec lesquelles ils pouvaient mettre le transmetteur temporel définitivement hors service.

Framus Allison plissa le front. Il était surpris que le professeur Goldstein ne lui ait pas donné plus tôt d'informations plus détaillées. En tant que physicien des hautes énergies, Allison nous avait plus d'une fois rendu des services inestimables, et avec son génie technique il nous avait assez souvent aidés à trouver des solutions ahurissantes.

Je constatai avec pourtant une sensation de vide dans l'estomac, que l'Australien voulait maintenant s'occuper des dégâts non encore repérés sur le groupe propulseur du déformateur temporel. On redoutait Allison à cause de son goût du risque. Certes aucune catastrophe ne s'était produite jusqu'à présent, mais celui qui le voyait fouiller dans les appareils de fabrication martienne ne pouvait à vrai dire que suer sang et eau et se demander en son for intérieur si l'on faisait vraiment tout pour survivre.

Annibal s'appuyait de la main droite sur un banc de mémoire positonique. Des ongles il grattait une vitre transparente, produisant ainsi un bruit énervant.

Samy Kulot se boucha les oreilles.

— Je crois que je préfère sortir, dit le nabot avec un ricanement sournois. Ici il y a trop de gens nerveux pour moi.

Quand il ouvrit l'écoutille, je remarquai alors seulement que le temps avait passé dans l'intervalle. Dehors il faisait déjà presque nuit.

Je restai à l'intérieur à observer Goldstein et Allison. De temps en temps, ils discutaient à voix basse mais sinon ils travaillaient avec concentration sur cet appareil martien dont ils ne connaissaient qu'une partie.

Au bout d'une heure, Annibal revint.

— Le zeppelin revient à l'attaque, annonça-t-il.

Nul en dehors de Goldstein et d'Allison ne voulut manquer le spectacle. Je tapotai sur l'épaule de l'Australien.

— Qu'il ne vous vienne pas à l'idée de disparaître en notre absence, Framus, dis-je. Je n'ai guère envie de participer activement à la Première Guerre mondiale.

— Pourquoi pas ? demanda-t-il, les yeux scintillants. Réfléchissez donc à la chance que vous auriez si vous restiez ici. Avec vos connaissances techniques vous pourriez devenir richissime. Vous pourriez exploiter toutes les découvertes du futur sans avoir de comptes à rendre.

— Vous pourriez aller en Russie, intervint Samy Kulot. Vous pourriez sauver le tsar et préserver l'Est de la révolution. Vous pourriez empêcher que le socialisme ne devienne une puissance mondiale.

— Comment cela ?

— Très simplement, en empêchant que les communistes n'arrivent au pouvoir.

Je lui éclatai de rire au nez.

— Par là on ne gagnerait rien, Samy. Ce n'est pas comme une baignoire pleine dont il suffit d'ôter la bonde pour que l'eau s'écoule. La puissance des communistes ne tient pas au fait qu'à cette époque-ci ils ont fait la révolution ; les raisons sont plus profondes.

— Je ne parlais pas non plus sérieusement, Thor.

Je le savais et je lui fis un signe de tête. Ensemble nous sortîmes rejoindre les autres. Kiny Edwards resta dans l'appareil. Allison et Goldstein poursuivirent leur travail sans se laisser déranger.

Dans la région où devait se trouver Plymouth, les éclairs se succédaient rapidement. Il faisait nuit noire. Les nuages bas faisaient écran à la lumière de la lune. On entendait nettement le vrombissement des moteurs du zeppelin.

— Ils bombardent Plymouth, constata le nabot.

— Revoici l'avion, cria Kenji Nishimura.

Près de Plymouth, des positions de défense avaient été installées. Elles étaient équipées

33

de projecteurs qui fouillaient les nuages. Pendant un court instant, je pus apercevoir un biplan grimpant à travers la couche. Malgré le tir des canons de Plymouth nous entendîmes le crépitement des deux mitrailleuses de l'avion.

— Il l'a eu, dit le colonel Reg Steamers.

Au-dessus des nuages, quelque chose s'embrasa. Des flammes rouge sang semblèrent filer au-dessus de nous mais ce n'était qu'une illusion provoquée par la réflexion de la lumière dans les nuages.

Cette fois-ci, la victoire revint au biplan. La deuxième attaque du zeppelin sur la ville portuaire avait échoué. Nous le vîmes tomber à travers les nuages. Il était en feu de la tête à la queue. Telle une torche géante, il s'abattit dans la mer où il sombra lentement.

Involontairement, je poussai un soupir de soulagement. Aussi bouleversants que fussent ces combats pour nous aussi, ils ne pouvaient être modifiés. Ils étaient l'Histoire dans le cours de laquelle nous ne pouvions intervenir. Nous pouvions seulement nous réjouir que le zeppelin ait été détruit loin de nous et non juste au-dessus de nos têtes. On ne pouvait imaginer ce qui aurait pu se produire s'il s'était abattu ici. Nous aurions dû nous attendre à de grands détachements de recherches britanniques.

Je revins vers Goldstein, Allison et Kiny.

— Quelle est la situation ? demandai-je.

Framus se retourna et hocha la tête.

— Diablement mauvaise.

C'était ce que j'avais craint.

— Y parvenez-vous ?

— Je ne puis vous donner de réponse, Thor. Je l'ignore. Et maintenant, ne me demandez pas combien de temps il nous faut encore. Cela non plus je ne puis vous le dire, peut-être une heure, peut-être un an. Tout est possible.

Je me laissai tomber dans un fauteuil et bus une gorgée d'eau. Les choses devenaient critiques car nous n'étions pas préparés à une telle situation. A bord il n'y avait absolument rien d'adapté à cette époque. Nous avions tous les équipements possibles mais rien de ce que nous pourrions utiliser ici. Pas même des vêtements à la mode. Comment aurions-nous pu imaginer que nous allions échouer à cette époque ?

Il eût été impossible de se préparer à de telles pannes car alors nous aurions dû faire entrer tous les siècles en ligne de compte. Ce n'était rien d'autre qu'un hasard que nous soyons ressortis précisément entre 1914 et 1918. Les années 813, 1204 ou 1498 n'auraient pas été moins vraisemblables.

Je m'écartai et me cachai derrière le tronc d'un hêtre quand sur le sentier, un agent de police anglais apparut sur un monstre de bicyclette. Péniblement, il montait le chemin.

La journée ne faisait que commencer et les couleurs étaient fraîches. Pour la première fois j'eus le sentiment de ne pas observer cette époque de loin, comme dans un film, mais d'y être plongé. Cet homme devant moi était réel et une rencontre avec lui pouvait, dans l'avenir, provoquer une catastrophe.

J'avais quitté seul le transmetteur temporel quand une bande argentée, à l'horizon, avait annoncé le nouveau jour. Annibal devait rester auprès des autres car le déformateur pouvait fort bien être découvert et attaqué.

Je regardai le visage rougeaud du constable. Une épaisse moustache lui envahissait la lèvre supérieure et lui cachait la bouche. C'était vraisemblablement un homme tout à fait insignifiant qui n'avait jamais rien fait d'important dans sa vie. Mais s'il avait engendré des enfants, il avait déjà exercé une influence sur l'évolution du futur.

Le diable seul le savait, peut-être était-il le père de Winston Churchill ou sinon d'un homme qui dans les décennies à venir aurait une influence déterminée. Je souris, amusé. Non, le policier n'avait certainement rien à voir avec le clan de Churchill. Je me souvenais vaguement que parmi les ancêtres de l'homme qui serait Premier ministre pendant la Seconde Guerre mondiale, il y avait tout eu sauf un agent de police. Au contraire. Quelques-uns des ancêtres de Churchill s'étaient permis des choses qui, en d'autres temps, eussent vraisemblablement conduit la police à intervenir.

Sous mes pieds une branche craqua. Aussitôt la tête de l'homme pivota brusquement. Mais j'étais déjà bien à couvert. Il jura bruyamment, se mit debout sur les pédales et vint ainsi à bout de la dernière côte. Ensuite le chemin descendait.

Avec mes sens télépathiques, je m'emparai de l'homme en uniforme. Mais mon espoir d'obtenir ainsi d'importantes informations fut déçu. Le policier ne pensait qu'à une chose, comment il expliquerait à sa femme qu'il n'était pas rentré à minuit aussitôt après son service. Il avait une explication absolument évidente mais il ne pouvait la lui donner sans déclencher une violente scène de ménage.

J'attendis qu'il fût assez loin de moi puis je sortis de sous les arbres et poursuivis ma route vers Plymouth. Pour aller plus vite, je me remis à trotter, augmentant et réduisant tour à tour la cadence. De cette manière je pouvais courir pendant des heures sans m'épuiser.

Cinq kilomètres avant Plymouth, les premières chaumières surgirent. Je décrivis un arc de cercle pour rester sous le couvert des arbres. Les gens qui vivaient dans ces logis primitifs dormaient encore. Ici non plus mes sondages télépathiques ne m'apportèrent aucun résultat tangible.

Du sommet d'une colline je pus enfin découvrir le port de Plymouth. Je vis quatre torpilleurs, deux croiseurs légers et un destroyer. Sept navires marchands étaient à quai. On les déchargeait.

Les rues de la ville étaient encore calmes. Entre les maisons en bois peint aux multiples couleurs et les bâtiments en brique, quelques rares lève-tôt apparaissaient ici et là. Un homme d'une cinquantaine d'années distribuait des journaux.

C'était ce que je cherchais ! Un quotidien serait le meilleur moyen d'information.

Je grimpai une colline couverte de buissons et m'apprêtai à me diriger vers une maison qui avait reçu un journal mais je découvris à temps un poste de garde installé devant le hangar à l'entrée de la ville. Deux hommes, debout sous des auvents, regardaient vers l'ouest. J'ignore ce qu'ils attendaient de là-bas. En tout cas ils ne m'avaient pas remarqué et ne pouvaient guère s'attendre sérieusement à ce que les Allemands rappliquent par voie de terre.

Le dos courbé, je courus derrière une maison. Un éclair gris fonça sur moi. Je me jetai de côté, trébuchai sur un caillou à hauteur de genoux et dévalai la pente en roulant. Un chien se précipita sur moi avec un grognement sauvage. C'était un mâtin de berger, de collie et de terrier. Je n'avais d'autre solution que de l'étourdir par un coup sur le côté du cou. Il glapit pitoyablement et s'écroula sur moi. Je le poussai doucement de côté et en rampant retournai me mettre à couvert contre le mur de la maison. Je demeurai là-bas quelques secondes tandis que je sondais les environs par télépathie.

Personne n'avait remarqué l'incident.

Mais cela ne me consola aucunement. J'avais conscience que ce guêpier devait grouiller de tels chiens. C'était jadis la coutume dans chaque maison, d'avoir un animal pour veiller sur la sécurité et un autre pour exterminer la vermine. Eh bien, si je n'avais pas besoin d'avoir peur des chats car ils ne faisaient pas de vacarme, les chiens, par contre, pouvaient être désagréables. Je n'avais aucune envie de fuir devant une meute, dans les buissons, et de la conduire par ma piste, au déformateur temporel.

Je saisis mon paralysant et ôtai la sûreté. Dans l'état actuel des choses, il ne me resterait guère d'autre solution que de l'utiliser. Même si plus tard les habitants de Plymouth devaient s'étonner du nombre sans doute considérable de chiens endormis. Mieux valait cela que d'être attrapé par eux.

Quand je voulus remettre l'arme à ma ceinture, l'attaque se produisit. Un collie courut vers moi en aboyant. Je pointai le radiant sur lui et le paralysai. Il s'effondra aussitôt.

Je pouvais être content de ce résultat mais pas du fait qu'au même moment une jeune femme se mit à hurler. Elle croyait manifestement que j'avais tué l'animal. Elle me regardait, les yeux écarquillés. Elle se trouvait dans l'encadrement de la porte d'une maison en bois verte et tenait son pot de lait à la main. A ses pieds se trouvait le journal que je convoitais.

— Eh bien, du calme, dis-je sans avoir conscience que ma façon de parler révélait déjà que j'étais un étranger. J'ai seulement endormi cette bête.

Elle ne m'écouta absolument pas, regagna la maison d'un bond en criant de nouveau, et verrouilla la porte. Sous le toit, une fenêtre s'ouvrit brusquement et un barbu pointa un fusil sur moi. Une balle me siffla aux oreilles.

Je réagis en un éclair. Avant que le barbu ne puisse presser la détente une seconde fois, je le paralysai lui aussi. Il s'effondra à la fenêtre et le fusil glissa de ses mains sans force. Mais l'attention des sentinelles à l'entrée de la ville était attirée. J'entendis leurs pas approcher vivement.

Décidé, je courus vers la porte et pris le journal. A proximité quelqu'un cria :

— Les Allemands sont là ! Abattez-les !

Il y avait de quoi rire. Comment ces gens pouvaient-ils me prendre pour un soldat du Kaiser ? Ma combinaison du C.E.S.S. n'avait finalement pas la moindre ressemblance avec l'uniforme de ceux du continent. Mais comme l'aéronef s'était écrasé, les Britanniques pouvaient supposer que quelques hommes d'équipage s'en étaient tirés sains et saufs.

Je courus vers les deux sentinelles. Il y avait encore un hangar entre elles et moi. J'entendais leurs voix et captais leurs pensées. Elles avaient peur bien qu'elles eussent compris que j'étais seul. Toutes deux étaient décidées à tirer aussitôt et à me tuer. Elles trouvaient cela beaucoup moins dangereux que de me capturer.

J'atteignis le hangar le premier. Tranquillement, je m'adossai contre le bois.

Les deux soldats passèrent en trombe devant moi.

— Hé, les gars ! dis-je à voix basse.

Ils pivotèrent et levèrent leurs fusils mais je fus plus rapide. Je déclenchai le paralysant et ils s'écroulèrent. Quand je levai les yeux, je vis que dans les maisons situées un peu plus loin, les fenêtres s'étaient ouvertes. Il y avait eu des témoins à cet incident. Un homme aux cheveux blancs tenta de lancer son chien sur moi mais le quadrupède rentra dans sa niche en glapissant.

Je décidai de jouer le rôle de l'Allemand et je rendis les honneurs au vieillard. Puis je m'enfuis par la rue passant devant les maisons de l'entrée est. Un dogue me poursuivit en aboyant. Je dus le paralyser lui aussi.

Finalement j'atteignis la forêt et disparus sous la verdure. Quelques balles sifflèrent derrière moi sans provoquer de dégâts. Elles ne me gênèrent pas sérieusement. Beaucoup plus grave était le fait qu'on m'avait vu. Nul doute que l'alerte serait donnée à Plymouth. Le commandant de la place enverrait un commando de recherches pour retrouver ma trace. A l'aide de chiens ils suivraient ma piste.

Que faire ? Après tout, je ne pouvais conduire la meute directement au déformateur temporel, c'eût été nous rendre le pire des services.

CHAPITRE III

— Hélas, répondit le nabot quand je lui parlai par mon bracelet-radio, nous n'avons pas progressé d'un pas. Cette boîte de ferblanc martienne se complaît toujours à garder le silence. Que puis-je faire pour toi ?

— Pour le moment je ne vois pas, dis-je. A moins que tu ne saches comment détourner les chiens de ma trace ?

— Si j'ai une idée je t'appellerai, déclara-t-il avec le flegme d'un ours. D'ici là, efforce-toi de tenir les ennuis loin de nous.

— Surtout, prenez votre petit déjeuner en paix !

Pendant ce temps, je courais à travers le sous-bois. Le chemin montait. Quand je me retournais, je pouvais voir Plymouth, le port et la mer. Mes poursuivants étaient à un kilomètre environ derrière moi. J'entendais les aboiements des chiens. Ils se rapprochaient étonnamment vite.

Quand j'eus escaladé une colline, je découvris un large ruisseau. Je me souvins comme jadis on déconcertait les chiens et je courus vers l'eau. Elle était si claire que je pouvais en voir le fond. J'y entrai. Elle me monta aux genoux. Sur les graviers, mes pas ne marquaient pas et en outre mes traces étaient instantanément effacées par le courant.

Un peu plus optimiste qu'avant, je continuai à fuir. Hélas, je n'avançais pas aussi vite que je l'aurais voulu. Mais comme le ruisseau serpentait en larges boucles à travers un paysage de buissons et d'arbres, j'étais toujours à couvert. Mes poursuivants ne pourraient me voir quand ils atteindraient le bord de l'eau.

Au bout de cinq cents mètres, je jugeai opportun de regagner la terre ferme. Il faudrait beaucoup de temps aux soldats pour examiner la rive dans les deux sens. Avec un peu de chance je gagnerai une heure d'avance.

Mais je faisais erreur.

Je perçus le vrombissement sourd d'un moteur qui s'approchait rapidement puis un biplan passa à basse altitude au-dessus de moi. C'était un Fokker manifestement pris aux Allemands, comme je le compris à l'immatriculation. Le pilote regardait dans ma direction. Je déployai mes antennes psy et captai ses pensées.

Il m'avait découvert.

L'appareil, extrêmement maniable, revint vers moi en un petit arc de cercle. Je vis que le pilote tenait quelque chose à la main. Il fit descendre son Fokker si bas que les deux roues touchèrent presque le sommet des arbres. Puis un objet gros comme le poing tomba vers moi. Je me jetai derrière un arbre abattu. La chose heurta le sol à dix mètres de moi et explosa. J'entendis les éclats voler par-dessus ma tête.

Je me levai d'un bond, en jurant, et courus le long de la rive. A ma droite se dressait une paroi rocheuse relativement abrupte, qui ne m'offrait aucun abri possible. Mais cinquante mètres plus loin commençait une épaisse forêt de sapins. Là-bas j'espérais pouvoir m'échapper.

Le biplan descendit dans le hurlement de son moteur. J'étais surpris par la maniabilité de l'appareil. Puis je vis un éclair en jaillir. L'Anglais tirait à la mitrailleuse à travers le cercle décrit par l'hélice. Les balles frappè-rent l'eau. Je vis les impacts venir vers moi à une vitesse folle. Un sillon de mort.

Décidé, je sautai dans l'eau et plongeai. Je n'entendis pas s'il continuait à tirer ou non. Je suivais ses pensées. Il n'était absolument pas satisfait du résultat de ce vol. Moi si !

En toute hâte je nageai vers la rive, repris pied et fonçai vers les arbres. Mais le biplan était de nouveau là. La mitrailleuse se remit à crépiter et je dus chercher refuge derrière un bloc rocheux. Le pilote s'y était attendu. Je saisis ses pensées, remarquai les impacts des balles près de moi, me relevai vivement et fuis dix mètres plus loin. Là-bas j'atterris encore une fois derrière un rocher. Juste à cet instant, mon abri précédent fut déchiqueté par une bombe. Involontairement, je pointai mon arme sur l'avion mais ne tirai pas. J'aurais touché l'homme et bien qu'il n'eût été que paralysé, l'avion se serait écrasé. L'homme serait mort et le risque d'un paradoxe temporel aurait été engendré.

En grinçant des dents, je rengainai mon arme et me redressai. J'entendis les aboiements des chiens. Naturellement, mes efforts étaient maintenant vains ; désormais les soldats savaient où me chercher.

J'atteignis les sapins qui me procurèrent un abri suffisant contre une attaque aérienne. Plusieurs fois, le biplan passa au-dessus de moi dans le bourdonnement de son moteur. Le pilote lança encore quelques bombes mais il ignorait où j'étais. Les projectiles frappèrent le sol meuble, loin de moi et explosèrent sans me mettre le moins du monde en danger.

Je courais aussi vite que possible pour mettre la plus grande distance possible entre le commando de recherches et moi. Ce faisant, je risquais de temps en temps un

46

coup d'œil au journal volé. Il était daté du 29 mai 1916.

Ce n'aurait guère pu être pire.

A cette époque, la plus grande bataille de la Première Guerre mondiale faisait rage devant Verdun. Dans deux jours commencerait la bataille de Jutland. La flotte allemande de haute mer sous le commandement du vice-amiral R. Scheer rencontrerait la flotte métropolitaine britannique. Un soi-disant combat d'avant-garde évoluerait en une bataille de vaisseaux de ligne et de croiseurs rapides. Les pertes seraient particulièrement grandes du côté britannique mais tout cela n'aurait pas de rôle décisif sur l'issue de la guerre.

Dans ces conditions, nous devions craindre le pire. Si les Anglais trouvaient le déformateur, ils le tiendraient tout naturellement pour une arme secrète des Allemands. Nul doute qu'ils donneraient l'alerte et attaqueraient avec toutes leurs forces. Nous devions nous attendre aux démêlés militaires les plus difficiles. Et nous serions presque sans défense en face d'eux car nous ne devions tuer personne.

Il nous fallait éviter tout ce qui pouvait conduire à un paradoxe temporel. Les plus petites erreurs de décision pouvaient avoir des conséquences effroyables sur le déroulement des événements futurs en Europe et dans le monde entier.

Les Anglais n'auraient rien pu faire de mieux que de nous ignorer. Mais c'était bien entendu trop exiger d'eux car, finalement, ils ne pouvaient même pas deviner la vérité.

Quand j'atteignis une pente raide couverte de sapins, ma progression fut ralentie. Le couvert était mauvais. Le biplan tournoyait toujours à proximité et me cherchait. D'ici, j'avais une large vue sur le pays. Plymouth était dans mon champ de vision. Une colonne de camions quittait la ville. Je vis que les soldats emportaient aussi des canons. Cette opération ne pouvait être pour moi. Aucun officier au monde ne poursuit un homme seul avec un tel déploiement de forces.

Devant moi s'étendait Dartmoor Forest. C'était un secteur dans lequel je pouvais me cacher pendant des semaines sans être découvert, à condition que les chiens perdent ma trace.

Il me fallait trouver une idée.

Dans l'intervalle, quelle était la situation à Plymouth ? Les paralysés étaient-ils revenus à eux ? Et comment réagissaient les officiers devant cette nouvelle arme ? Quelles conclusions en tiraient-ils ?

Un chemin de campagne passait en bordure de la colline. Je m'arrêtai. Dans le sable je pouvais voir nettement des traces de pneus. Dans le lointain j'entendais un bruit de moteur mais je ne pouvais dire s'il provenait de l'avion ou d'une automobile. Je m'appuyai contre un arbre et regardai en bas. Deux soldats avec leurs chiens n'étaient qu'à trois cents mètres environ. Ils suivaient ma piste. Le biplan s'approchait aussi de la même direction. J'avais l'impression d'avoir été découvert.

Je déployai mes antennes psy et rencontrai une vague de haine et de rage destructrice. Le pilote me prenait pour un espion et il savait où j'étais. Il se préparait à larguer des bombes.

C'est alors qu'un véhicule, comme je n'en avais encore jamais vu, même dans un musée, surgit au tournant du chemin avec un bruit de teuf-teuf. Ce devait être une antiquité. Le conducteur était assis sur un siège élevé et sautait en l'air à chaque cahot. Il fumait la pipe et regardait droit devant soi, d'un air d'ennui, comme si plus rien ne pouvait l'intéresser. J'estimais que ce monstre à quatre roues filait à vingt kilomètres à l'heure.

Quand le biplan amorça son piqué, le fumeur de pipe remarqua que le monde n'était quand même pas aussi ennuyeux qu'il l'avait cru jusqu'alors. Ses yeux s'agrandirent. Les balles de la mitrailleuse pleuvaient dans la poussière autour de lui. Il appuya sur l'accélérateur, faisant hurler le moteur. La voiture sauta par-dessus une ondulation du terrain, menaça de verser au bord du chemin mais retomba sur ses roues et passa devant moi avec fracas. Je bondis de mon abri sur le siège du conducteur, saisis l'homme et le poussai en bas de toutes mes forces. L'automobile poursuivit sa route sans pilote.

A cette seconde, le biplan passa au-dessus de nous. J'entendis le moteur rugir. Puis je vis deux objets noirs tomber. Je plaquai le conducteur encore plus fort et j'entendis l'explosion des bombes. Le tacot fut soulevé et projeté en avant. Involontairement, nous roulâmes en bas de la voiture, dans le sable. Autour de nous c'était un déluge de feu et d'éclats. Je perçus le crépitement des impacts dans la voiture et ma main gauche se colora de sang.

Comme étourdi, je me relevai. Le véhicule continuait à rouler. Il s'était remis sur ses roues, était revenu sur la piste qu'il avait quittée et dont il ne pouvait plus sortir maintenant. Je relevai le blessé et l'entraînai avec moi. Il me suivit sans résister. L'explosion des bombes le faisait agir instinctivement. Il ne posa pas de question mais fuit avec moi vers son automobile. Nous sautâmes dessus. Il saisit le volant et accéléra.

Cela signifiait que la voiture ne s'éloignait

plus maintenant à quinze kilomètres à l'heure mais à vingt.

Je regardai mes mains souillées de sang. Elles n'étaient pas blessées. Par contre l'épaule de mon compagnon l'était. Son vêtement avait été déchiqueté et le sang coulait.

La voiture prit un virage. Ensuite le chemin descendait en pente raide. Je me demandai involontairement, si la voiture, ici, pouvait d'ailleurs monter la pente. Elle roulait presque toute seule vers le bas à une vitesse inquiétante. Je ne croyais pas que l'homme à côté de moi parviendrait à reprendre la maîtrise de son véhicule mais il le put.

Peu après, nous roulâmes à travers une épaisse forêt de feuillus. Le bruit s'éteignit. De nouveau, le pilote du biplan m'avait perdu. Je me demandai s'il avait d'ailleurs vu qu'il y avait eu une voiture. J'entendais l'aboiement des chiens et les cris des soldats mais ils devinrent de plus en plus faibles.

L'homme à côté de moi me regarda.

— Qui êtes vous ? Un espion ?

— Comment en venez-vous à cette idée ?

— En tout cas vous n'appartenez pas à la famille royale, constata-t-il sèchement. Sinon on ne vous aurait pas bombardé.

— C'est exact.

Le moteur toussota et balbutia. L'Anglais remit les gaz mais ce fut encore pire. La voiture s'arrêta.

51

— Vous devez faire quelque chose pour votre épaule.

Il me regarda d'un air furibond.

— Je crois qu'il vaut mieux que vous disparaissiez, répondit-il.

Mon bracelet-radio bourdonna. Je fis un signe de tête à l'Anglais.

— O.K., dis-je. (Je sautai du siège et regardai mon visiophone. Le commutateur de la couronne était rouge. Je devais attendre.) Continuez votre route, allez !

Il hésita. Puis il appuya sur le démarreur et il se produisit exactement ce à quoi je m'étais attendu. Le moteur se remit en marche. Avec un craquement inquiétant, l'engrenage planétaire accrocha. La voiture se mit à rouler et accéléra. J'attendis qu'elle fût assez éloignée puis je gagnai le couvert des arbres et relevai le couvercle de mon bracelet-radio. Le visage fripé du nabot apparut sur le mini-écran à l'intérieur du couvercle.

— Salut, la Perche ! dit-il. Tu en as mis du temps. Où es-tu ?

— A peu près à la même hauteur que vous par rapport à Plymouth mais environ sept kilomètres plus à l'ouest. Je veux attirer mes poursuivants dans les montagnes.

— Ce n'est plus nécessaire. Deux policiers viennent juste de nous dénicher. Ces deux types nous ont échappé avant que j'aie pu les paralyser. Devine ce qui arrive maintenant.

— Ils ont vu le cube ?

— Mais certainement.

— Alors tu dormais à poings fermés, hein ?

— C'est un grave reproche, général de brigade, mais il tombe dans le vide. Je m'étais mis avec Kiny à rassembler des informations, par la voie psy.

— Bon, j'arrive.

— C'est nécessaire car il ne faudra pas longtemps pour qu'une armée vienne ici nous secouer les puces. Il vaudrait mieux qu'alors tu sois avec nous.

— Où en sont Goldstein et Allison ?

— Ils espèrent. Rien d'autre.

Ce renseignement m'anéantit. Jusqu'à présent j'avais été persuadé que nous pourrions réparer au moins la propulsion du déformateur temporel.

— J'arrive, répondis-je et j'interrompis la conversation.

Toute l'avance que j'avais prise était maintenant pratiquement reperdue. Il me fallait prendre un chemin qui me ramènerait à proximité des chiens. Il n'y avait pas d'autre solution.

Je me tournai vers l'est et partis en courant. Tout d'abord j'avançai rapidement et il semblait que j'avais de la chance. Mais ensuite un vaste champ découvert de près d'un kilomètre de large, s'étendit devant moi. Je devais le traverser car je n'avais plus le temps de le contourner. Ainsi je me trouvais de nouveau exposé aux attaques du biplan. Il n'y avait certes pas de danger mortel pour moi car à l'extrême rigueur, je pouvais brancher mon projecteur d'écran protecteur. Jusqu'à présent j'y avais renoncé, en connaissance de cause, car je ne voulais pas étonner les Britanniques par la merveille technique de ce micromécanisme. Si les Anglais avaient l'impression que les Allemands disposaient d'une nouvelle arme prodigieuse, cela pourrait avoir une importance décisive sur l'issue de la guerre. C'était justement ce que je voulais éviter si possible.

Je me mis à courir.

Je n'avais pas fait cent mètres quand j'entendis rugir le moteur de l'appareil. Je jetai un regard par-dessus mon épaule et vis le Fokker virer et venir vers moi. A grands bonds, je filai dans la clairière. Maintenant je n'avais guère d'autre solution que de brancher mon projecteur d'écran. Nul ne pouvait attendre de moi que je me laisse simplement abattre.

De nouveau je regardai en arrière. Le biplan descendait très bas. Juste en lisière de forêt il piqua littéralement comme si le pilote avait l'intention d'atterrir à côté de moi. Je vis la gueule de la mitrailleuse s'allumer. Mais j'avais déjà la main sur mon projecteur d'écran de champ et un scintillement vert pâle m'enveloppa comme une seconde peau.

Aveuglé par la haine, l'Anglais devait avoir perdu la raison. Il volait si bas que les roues touchaient presque l'herbe. Voulait-il entrer en collision avec moi et me déchiqueter ?

L'appareil grandissait devant moi, comme un géant. Les balles me sifflaient aux oreilles ou se perdaient dans l'écran d'énergie, faisant naître des taches de lumière verdâtre.

Je me jetai vigoureusement de côté et me plaquai sur le sol. Le fou fit légèrement basculer le biplan sur l'aile. Je vis l'arête d'une surface portante venir vers moi et à la vitesse de l'éclair, je roulai un mètre plus loin. L'arête métallique me frôla. Mon regard tomba sur le visage, marqué par la haine, du pilote.

En quelque sorte, je pouvais comprendre ce diable d'homme.

Il avait tout essayé pour me permettre de mourir au champ d'honneur mais il n'avait littéralement rien obtenu. Et il y avait là de quoi démoraliser quelqu'un.

Je me levai d'un bond et courus derrière l'appareil. L'Anglais le fit monter à la verticale. Il avait les yeux écarquillés de surprise. Il semblait croire que je voulais saisir les stabilisateurs de queue du Fokker. Mais ce n'était pas mon intention. Je voulais seulement gagner de la place et saboter la position d'attaque de mon adversaire.

Le pilote se baissa. L'appareil grimpa. Quand l'homme se redressa, il tenait une grenade à la main. Il la lança à mes pieds. Quand elle tomba dans l'herbe, je la saisis, pivotai sur moi-même et la jetai au loin. Au même moment je me laissai tomber, le nez dans l'herbe. Le projectile explosa à vingt mètres de là, juste au-dessus du sol. Les éclats passèrent au-dessus de moi en sifflant, sans dégâts ni pour le Fokker, ni pour moi.

De nouveau je me relevai et repris ma course. L'Anglais tenta de virer sur l'aile, surestima son appareil et dut rectifier sa route pour ne pas s'écraser. Cela lui fit perdre quelques secondes. Il ne put m'attaquer et dut amorcer une deuxième approche. Je mis ma chance à profit.

Je n'étais plus qu'à une centaine de mètres de mon objectif. J'entendis alors le biplan arriver. Cette fois-ci, l'Anglais changea de tactique. Il volait le moteur fortement au ralenti. Je vis qu'il ne venait pas non plus droit sur moi mais qu'il passerait en vol plané, à une dizaine de mètres devant.

Je devinai alors ce qu'il voulait faire.

De nouveau les roues rasaient l'herbe. L'appareil arriva. Je regardai par-dessus mon épaule. Le pilote tenait une grenade à la main. Il était encore à dix mètres de moi quand il la dégoupilla, attentif un bref instant et la jeta à mes pieds.

Je tentai ce que j'avais déjà fait. En un éclair je me baissai, soulevai la bombe et la jetai sur l'avion qui à cette seconde passait devant moi. Le pilote observait tous mes gestes. Il vit la grenade, la suivit du regard et ses yeux s'élargirent d'épouvante. Elle tomba dans l'avion et disparut manifestement entre ses pieds.

Ma gorge se serra.

Je n'aurais jamais dû faire cela. Je mettais la vie d'un homme en danger.

Le pilote agit. Il sauta de l'appareil et tomba dans l'herbe. Il roula plusieurs fois sur lui-même puis resta étendu. Le Fokker bascula sur le côté et se planta dans le sol. A cet instant, la grenade explosa et déchiqueta l'appareil.

L'Anglais se releva. Moins de dix pas nous séparaient l'un de l'autre. Je saisis mon paralysant.

Il se produisit alors une chose que j'eus du mal à comprendre.

Le vaincu se mit au garde-à-vous et salua.

Quelques secondes passèrent sans que je répondisse à son salut et je remarquai que mon attitude l'irritait. Je lui fis plaisir et levai également la main en guise de salut même si je ne pensais absolument aucun bien de ces pratiques militaires.

Puis je pointai mon arme sur lui. Pas un muscle de son visage ne tressaillit bien qu'il ait dû reconnaître que le paralysant n'avait rien à voir avec l'équipement dont disposaient ses ennemis. Il était convaincu que j'allais le tuer. Naturellement, je n'y pensais absolument pas.

— Je ne vais pas vous tuer, lui expliquai-je. Vous serez seulement inconscient pendant quelque temps. C'est purement une mesure de sécurité pour moi.

Il ne comprit absolument pas. Je le paralysai et il s'effondra.

« J'espère que tu ne l'as pas tué, fit remarquer Annibal sur le mode psy.

« Il reviendra à lui. »

Je repris ma course. Mais entre-temps, l'attention des soldats avait été attirée. Ils avaient retrouvé la piste perdue. Ce n'était pas étonnant après les événements des dernières minutes.

« Quelle est la situation chez vous ? »

« Simple, mon grand. Goldstein a juste... » Son émission télépathique s'arrêta net.

Aussitôt après il y eut comme un cri. Je sursautai car je ressentis la panique du nabot jusqu'au fond de moi.

« Que se passe-t-il ? »

« Nous volons ! » répondit-il. Il mit de l'ordre dans ses pensées avec difficulté. Je captai quelques impressions. Le chaos régnait dans la cabine du déformateur. Le professeur Goldstein avait apparemment commis une erreur en manipulant les instruments.

« La chose fait acte d'indépendance, annonça Annibal. Nous fonçons à travers le bois. Maintenant l'appareil grimpe. Nous sommes au-dessus des arbres. »

J'atteignis la lisière de la forêt. La respiration difficile, je m'arrêtai. Moi non plus je n'étais pas loin d'être pris de panique. Si le déformateur temporel s'était effectivement rendu indépendant, cela signifiait qu'il pouvait aussi disparaître dans le temps. Si cela se produisait, j'étais pratiquement perdu.

Dans le lointain, j'entendis un craquement et un éclatement de bois. Près de Plymouth, plusieurs canons crachèrent leurs projectiles mortels. J'entendis les obus voler dans les airs. Avec un hurlement, ils passèrent au-dessus de moi et tombèrent dans le secteur où devait toujours être le déformateur temporel.

Je ne restai pas là plus longtemps. J'entrai dans la forêt et courus jusqu'à une petite éminence d'où je pouvais voir quelque chose.

Le cube en métal M.A., à l'éclat bleuâtre, sortit de la forêt de sapins où il avait dû s'enfoncer seulement quelques secondes plus tôt. Les obus anglais pleuvaient tout autour de lui.

Le déformateur temporel oscilla, demeura sur place quelques secondes et fila ensuite avec une accélération fantastique vers la pente de la montagne. Alors que je croyais déjà qu'il allait s'y écraser, il monta à la verticale et disparut dans les nuages.

« Par le diable, que se passe-t-il chez vous ? » J'envoyai mes pensées comme un juron.

« Si je le savais moi-même, répondit le nabot inquiet. Framus vient juste d'affirmer que ni Goldstein, ni lui, n'étaient responsables des tendances du cube à l'indépendance. Goldstein a parlé d'un flot intermittent d'hyperénergie, ou quoi que cela puisse être. Il pense qu'il exerce, de l'extérieur, une influence sur les commandes et sur la propulsion. Framus fait tout ce qu'il peut pour reprendre le contrôle de ce rafiot. »

Je me mordis les lèvres.

La situation devenait de plus en plus critique. Elle commençait à nous échapper. Les conséquences pour l'avenir risquaient de devenir catastrophiques. Que se passerait-il si, au cours du pilonnage, un homme important pour les décennies à venir, était tué ?

Je dévalai la colline, comme si je pouvais encore rattraper le déformateur. Par précaution, je rebranchai mon projecteur d'écran protecteur.

Mon but était désormais quelque part dans le nord. Je devais sortir de cette cuvette où tout était de plus en plus compliqué. Maintenant j'étais furieux d'avoir oublié de prendre son uniforme au pilote. Dans ma combinaison du C.E.S.S. je pouvais, certes, me déplacer plus facilement et plus confortablement, mais j'attirais aussi davantage l'attention.

Un soupir de soulagement d'Annibal me parvint.

« Goldstein reprend la chose en main », me signala-t-il.

« Que se passe-t-il avec Kiny ? demandai-je, inquiet. Pourquoi garde-t-elle le silence ? »

« Tu sais, ici à bord c'est plutôt le chaos », esquiva-t-il.

« Qu'y a-t-il ? »

« Elle a perdu connaissance. Elle s'est cogné la tête. Ce n'est pas plus grave que ça. »

« Où êtes-vous ? »

« Au-dessus de l'Ecosse. »

Sa réponse me coupa bras et jambes. Je sentis le froid me descendre dans le dos. En si peu de temps ils s'étaient donc tant éloignés ! Au bout de quelques minutes ils pourraient déjà être au-dessus du pôle ou hors d'atteinte. Je m'arrêtai.

« Tout cela n'est pas aussi irritant, mon grand, m'apaisa le nabot. Goldstein a maintenant le cube en main. Nous atterrissons. Si je ne me trompe, nous sommes dans le secteur des Hébrides extérieures. »

Son explication était tout sauf rassurante pour moi. Là-haut, les militaires n'étaient pas moins vigilants qu'ici.

« O.K., petit. Restez où vous êtes. Dès qu'il fera nuit, tu pourras venir me chercher. Nous n'avons pas à craindre de radar. Alors, à bientôt. »

Il se retira. J'avais l'impression qu'il était heureux de pouvoir se consacrer aux problèmes à l'intérieur du cube. Je pressentais quelque chose de grave. Il ne m'avait certainement pas dit toute la vérité.

CHAPITRE IV

Ma décision avait été risquée mais correcte. J'avais quitté les bois, gagné la côte et couru le long de la plage. Ici, les chiens avaient définitivement perdu ma trace. Les Anglais avaient fouillé la côte avec des avions mais ne m'avaient pas trouvé parce qu'à chaque fois je m'étais caché. Maintenant je croyais avoir réussi.

Je maudissais le fait d'être condamné à l'inaction. Sans cesse je me demandais ce qui pouvait s'être passé avec le déformateur temporel. Mais je me rendais bien compte que le nabot m'aurait informé s'il y avait eu du nouveau. Son silence aurait donc dû être rassurant pour moi, or il ne l'était pas. Au contraire.

Annibal avait mentionné une chose qui ne pouvait guère être plus qu'une supposition du professeur Goldstein. Celui-ci avait parlé d'un « flot intermittent d'énergie » qui, de l'extérieur, aurait exercé une influence sur les commandes et la propulsion du transmetteur temporel. Qu'avait-il bien pu vouloir dire par là ?

De nouveau c'était là l'un de ces moments où nous comprenions notre ignorance en matière de technique martienne. Jusqu'à présent, la raison de la panne du déformateur était une énigme. D'après notre hyperphysique, la panne du dispositif automatique devait avoir une cause. En tout cas, avec cet appareil nous n'avions pas encore observé d'inversion de l'enchaînement cause-effet. Je ne pouvais pas non plus imaginer que ce pût être le cas pour le déformateur temporel. Il en aurait résulté un chaos complet dans lequel plus personne n'aurait pu garder une vue d'ensemble.

Les pieds dans l'eau froide, je m'arrêtai sous un rocher en surplomb.

A cette époque-ci, il n'y avait rien qui eût pu influencer de l'extérieur un appareil d'une aussi haute technologie que le transmetteur. Une telle technique n'existait pas encore. Il n'y avait pas de centrales nucléaires. On n'avait pas la moindre idée de la fusion nucléaire dirigée. On maîtrisait à peine la technique des moteurs à explosion. Même les penseurs les plus téméraires de l'époque n'eurent jamais l'idée qu'une chose aussi éphémère qu'une position pourrait, un jour, jouer un rôle dans la fabrication de cerveaux artificiels.

D'où pouvait donc venir un « flot intermittent d'énergie » ?

Je n'avais qu'une faible notion de ce que c'était d'ailleurs mais je croyais pouvoir affirmer qu'une telle chose n'était pas accidentellement une production de la nature, mais le résultat d'une brillante technique des hautes énergies.

J'avais beau passer mes connaissances techniques au peigne fin, je ne trouvais absolument rien qui cadrait avec cela.

Au fond, il ne restait qu'une conclusion : le professeur Goldstein s'était fondamentalement trompé. Mais de nouveau, cela n'était pas possible, car je ne connaissais guère quelqu'un d'aussi prudent que Goldstein dans ses déclarations. Si Framus Allison avait été à l'origine de cette affirmation, je n'y aurais pas attaché une telle importance. L'Australien nous surprenait souvent par des théories hardies qui, parfois, étaient à deux doigts mais parfois aussi à des lieues de la vérité. Contrairement à Goldstein, de telles erreurs ne le gênaient pas.

Quand j'eus atteint ce point de mes réflexions, j'en eus la respiration coupée.

Le flot d'hyperénergie mentionné par Goldstein ne pouvait donc venir que du

65

temps. Une autre origine paraissait impossible.

Avions-nous inconsciemment commis une grave erreur quand nous avions mis le transmetteur temporel en action ? Y avait-il certaines restrictions que nous devions respecter mais dont nous ignorions tout ? Je me souvenais que quelqu'un avait un jour déclaré que le déformateur temporel créait un tourbillon hyperénergétique tout comme un avion produit des turbulences dans l'air ou un bateau à moteur des tourbillons dans l'eau.

Existait-il effectivement des turbulences hyperénergétiques dans le fleuve du temps, qui venaient nous affecter ?

Je jurai.

Un avion volait à basse altitude le long de la côte. On me cherchait toujours. Prudemment, je me retirai à l'abri des rochers. Il était temps que je disparaisse de cette région. Les Britanniques n'auraient de cesse qu'ils ne m'aient trouvé. J'attendis que l'aéroplane fût passé. Je ne pouvais m'empêcher d'admirer le courage des pilotes qui osaient s'en remettre à ces avions. Pour moi c'était un petit miracle que ces coucous puissent tenir l'air.

Quand je fus certain que le Tommy ne pouvait plus me voir, je tournai de nouveau mes pas vers l'intérieur du pays. Je disparus dans le paysage accidenté et passai la journée dans les bois. A plusieurs reprises, les commandos de recherches s'approchèrent à une distance inquiétante, une fois même ils trouvèrent ma trace mais je pus me débarrasser de mes poursuivants.

De temps en temps, je prenais contact avec Annibal ou Kiny. Je constatai avec soulagement que la petite s'en était tirée avec seulement une petite bosse sans gravité. La situation à bord du déformateur temporel s'améliorait d'heure en heure. Framus Allison et le professeur Goldstein reprenaient l'affaire en main. Ils en étaient déjà à considérer un autre départ involontaire comme tout à fait exclu. Cela me rassura.

Beaucoup moins satisfaisant était le fait qu'ils n'avaient toujours pas trouvé le défaut du transformateur temporel lui-même et qu'à ce point de vue ils n'étaient absolument pas optimistes.

Ce fut avec satisfaction que je vis l'obscurité tomber enfin et le 29 mai 1916 tirer à sa fin.

A ce moment, Annibal prépara l'hélico convertible qui se trouvait à bord du transmetteur. J'avais refusé d'emporter un avion à propulsion nucléaire, capable de voler dans l'espace car dans le passé, c'est-à-dire 187 000 avant l'an 2011, le risque de détection par des appareils martiens était énorme.

C'était sur ce passé-là que nous avions basé

notre plan et non sur celui de la Première Guerre mondiale.

C'est ainsi que nous ne disposions que d'un hélicoptère convertible à double couronne de rotors à rotation inverse. Il possédait un réacteur nucléaire primitif. Deux turbines aspiraient l'air extérieur et le compressaient. L'air froid était envoyé dans l'échangeur de chaleur chauffé nucléairement, où sa température était augmentée. La propulsion était obtenue par la pression d'expansion des gaz incandescents. Une partie du flux de gaz brûlant était déviée vers des turbines auxiliaires. Elles étaient couplées à des générateurs qui produisaient le courant nécessaire.

L'expérience m'avait donné raison. Les Martiens n'avaient effectivement pas pu détecter le convertible car ce réacteur nucléaire démodé ne produisait aucune des fréquences sur lesquelles était réglée la technique martienne de détection.

Pour moi cette machine était vraiment un « vieux clou ». Mais pour les gens de cette époque-ci, le convertible apparaîtrait comme un tour de génie vraiment fantastique. En aucun cas il ne devait tomber entre leurs mains. Ils ne devaient même pas le voir. C'était pour cette raison qu'Annibal ne devait appareiller qu'après la tombée de la nuit. Les Anglais entendraient le bruit des turbines mais ne pourraient en tirer la conclusion exacte. Peut-être penseraient-ils à une espèce de rébellion des esprits.

« Où es-tu ? » dit la voix d'Annibal en moi.

Je lui envoyai un signal. Il était relativement facile de le conduire à moi. Peu après, j'entendis le vrombissement des turbines et le nabot atterrit.

Quand la porte se referma derrière moi et que je m'assis près de lui, il ricana :

— Monsieur s'est payé une agréable journée, hein ?

Je tendis le pouce vers le haut, lui faisant comprendre qu'il devait appareiller au plus vite. Il me fit ce plaisir. Avec un soupir de soulagement, je m'appuyai en arrière. J'étais content de pouvoir disparaître de cette région.

Le déformateur temporel était sur le Clisham, à une altitude de 700 mètres environ. Sa position n'était pas des meilleures car il était en terrain découvert et se voyait de loin.

— Nous devons filer d'ici, déclara Annibal quand nous atterrîmes. Avant la tombée de la nuit un avion de reconnaissance est venu dans le secteur. Nous devons nous attendre à la visite d'une compagnie de cornemuseurs qui vont nous apprendre à danser.

— Ils ne seront pas ici avant demain matin, répondis-je.

Le terrain était trop accidenté. De nuit, les soldats ne pouvaient guère progresser.

J'entrai dans le déformateur. A l'intérieur de la cabine, rien n'avait changé. Goldstein et Allison travaillaient toujours sur le mécanisme martien, les autres étaient assis à leur place.

— Quand pouvons-nous appareiller ? demandai-je à Goldstein.

— Peut-être dans vingt-quatre heures. En aucun cas avant.

Je pensai aux soldats qui allaient arriver. Ça commençait bien.

Le nabot m'éveilla. Je fus aussitôt présent.

— Ils arrivent, dit-il.

Je regardai mon chronographe. Il était déjà onze heures. En toute hâte je me levai et je me rafraîchis. Quand je vis que Kiny voulait sortir, je la retins.

— Tu restes ici, petite. Nous ne voulons courir aucun risque.

Goldstein et Allison continuaient à travailler comme si de rien n'était. Le colonel Steamers, Naru Kenonewe, Kenji Nishimura et Samy Kulot étaient déjà dehors quand je quittai le cube. Ils se tenaient derrière quelques blocs rocheux et observaient la vallée en contrebas. Je me joignis à eux.

— On vous a réveillé trop tôt, critiqua Samy Kulot. Ils sont encore à dix kilomètres au moins.

Je souris. Le médecin se trompait fortement dans son estimation. L'erreur était d'ailleurs possible compte tenu de la limpidité de l'air.

— Il y a cinq kilomètres, répondis-je. Pas davantage.

— C'est suffisamment inquiétant, dit le nabot. Pourquoi ne restent-ils pas où ils sont ? Ce serait pourtant plus commode pour toutes les parties.

Un avion venait de l'ouest. Nous nous retirâmes dans le cube. A l'aide des caméras extérieures, je vis que le pilote voulait nous photographier. Je ne pouvais le permettre. Le nabot me regarda. J'inclinai imperceptiblement la tête.

« Je vais assener un coup au cerveau de ce gars trop curieux », me signala-t-il sur le mode psy. En même temps il se tourna vers l'écoutille de sortie et attaqua. Ses forces psy jetèrent un pont d'énergie en direction du pauvre pilote que j'observais prudemment. Je sentis que l'homme crut soudain tomber dans le vide. La caméra lui échappa. Il leva les bras et appuya ses mains sur son front. Pendant quelques secondes, il crut perdre la raison. Puis tout cela fut du passé. Annibal se retira.

Le pilote eut fort à faire pour reprendre son appareil en main. Littéralement au dernier moment, il parvint à le redresser et à éviter une aiguille rocheuse. Comme pris de panique, il s'éloigna de nous. Il en avait oublié sa caméra. Je remarquai plus tard qu'elle n'avait pas glissé entre ses pieds comme je l'avais supposé, mais qu'elle s'était écrasée sur les rochers.

Samy Kulot m'examina. Il comprenait avec une certitude absolue ce qui s'était passé mais il ne dit rien. Je renonçai à sonder ses pensées. Sa mimique me disait d'ailleurs ce qu'il pensait et ressentait. Ce n'était pas précisément un compliment pour le petit et moi. Le diagnostiqueur psy avait été témoin de notre puissance et luttait contre la peur qui l'envahissait.

Je me dirigeai vers Goldstein et utilisai une caméra. Je fis pivoter l'objectif et vis que les soldats approchaient assez vite.

— Le rapport du pilote ne va pas précisément accroître l'enthousiasme de ses supérieurs, dis-je. Quelle est la situation ?

— Si vous êtes d'accord, nous pouvons faire un essai, répondit Goldstein.

— En d'autres termes, vous voulez me faire comprendre que je dois endosser la responsabilité si quelque chose tourne mal.

— Je ne voulais pas dire ça.

— Ce n'est pas non plus nécessaire, répondis-je, amusé. De toute façon, ça me retombera dessus si notre chef tout-puissant déchaîne un orage. Qu'avez-vous l'intention de faire ?

Goldstein respira, soulagé. D'un geste nerveux, il montra les circuits compliqués sur lesquels il avait travaillé.

— Nous pensons être maintenant largement à l'abri des influences extérieures, fit remarquer Framus Allison. Nous pourrions appareiller dès à présent et échapper ainsi aux conflits.

— Alors ne perdons pas de temps, dis-je.

Goldstein essuya la sueur de son front.

— J'aimerais pouvoir jurer comme le major aux jambes torses, murmura-t-il avec un regard désobligeant au nabot. Etant donné cette technique, je ne puis que dire « peut-être » au lieu de faire une déclaration bien claire. Je pense que nous y arriverons... peut-être, général.

Annibal surgit soudain près de moi.

— Peut-être que je vais vous rompre les os, professeur, et ensuite vous mettre un plâtre spécial qui vous rafistolera les jambes en forme de S ! Alors, qu'attendons-nous encore ?

Il était visiblement désagréable au professeur Goldstein qu'Annibal ait compris ses paroles. Il ne pensa toutefois pas à s'excuser mais jura d'une manière qui stupéfia même le nabot. Il se retourna, échangea quelques mots avec l'Australien et manipula ensuite les commandes du déformateur temporel. Le cube s'éleva avec un léger bourdonnement. Sur les écrans nous pouvions voir les soldats. Ils étaient encore trop loin pour que leurs tirs portent mais ils utilisèrent leurs armes. Je doutais que leurs balles nous atteignent.

— Maintenant j'aimerais seulement savoir pourquoi le professeur, après avoir affirmé qu'il lui fallait encore 24 heures... appareille brusquement. Y comprends-tu quelque chose, la Perche ? me demanda Utan.

Framus Allison avait entendu. Il vint vers nous à pas lourds.

— C'est très simple, déclara-t-il. Nous nous sommes trompés. Le flot de retard hypertricanique...

— Ça va, l'interrompis-je car aucun de nous n'aurait compris ses explications techniques. Nous avons déjà compris.

Il gonfla les joues.

— Ah, très bien ! Nous pensions que certaines choses devaient être démontées et remontées avec beaucoup de difficultés. Nous venons juste de découvrir qu'elles pouvaient être sorties et repoussées en place avec la facilité d'un jeu d'enfant. C'est tout.

Le professeur Goldstein dirigea le déformateur temporel vers la haute mer.

— Où allons-nous, la Perche ? Que proposes-tu ?

— Je propose la Norvège. Dans la région de Kristiansand nous pourrions nous cacher relativement bien. Le réseau routier en Norvège est pratiquement inexistant, on ne pourra donc pas nous serrer de près aussi vite qu'ici.

— Alors il nous faut traverser le détroit du Skagerrak, objecta Goldstein.

— C'est sans importance. Aujourd'hui nous sommes le 30 mai. La bataille du Jutland ne commence que le 31. D'ici là, nous serons depuis longtemps en Norvège.

Goldstein changea de cap. A cinquante mètres d'altitude, nous filâmes au-dessus de la mer du Nord à quelque deux cents kilomètres à l'heure.

Ce que Goldstein avait appelé un « flot intermittent d'hyperénergie » nous frappa de nouveau juste au-dessus du détroit du Skagerrak et il se montra alors sous son vrai jour.

Le déformateur perdit soudain de l'altitude et de la vitesse. Les sirènes d'alarme hululèrent et les indicateurs des instruments semblèrent complètement affolés. Mais en fait ce n'était absolument pas le cas. Nous tous qui pouvions observer les événements à l'aide des instruments, nous ne voulions simplement pas voir la réalité. Le déformateur temporel subissait une chute d'énergie rapide.

Nous tombions littéralement vers la surface de l'eau. Goldstein et Allison manipulaient désespérément les commutateurs, sans grand succès. Je fus plaqué sur le pupitre de commande sans pouvoir me retenir. Les autres étaient heureusement attachés par leurs ceintures de sécurité. J'avais insisté sur cette précaution mais j'avais quitté mon siège pour un bref instant.

— C'est... c'est..., s'écria Goldstein épouvanté.

Les yeux écarquillés, il regardait les écrans. Les vagues bondissaient à notre rencontre. Les embruns volèrent par-dessus un objectif de caméra puis ce fut soudain le calme. Nous planions juste au-dessus de l'eau et nous entendions les vagues frapper le déformateur.

— Qu'est-ce qui se passe encore maintenant? demanda Annibal, impatient. Quand apprendrez-vous enfin à piloter raisonnablement cette chose?

— Ça ne dépend pas de nous, répliqua Allison d'un ton glacé.

— Alors ça m'intéresserait de savoir qui a organisé tout ce cirque, dit le nabot, furieux.

Comment se fait-il qu'absolument rien ne marche dans cette mission ?

La main tendue, Goldstein montra un écran de contrôle sur lequel on voyait normalement une ligne ondulée bien marquée. Maintenant il n'y avait guère plus qu'un trait faiblement incurvé.

— Quelqu'un pompe notre énergie, dit-il avec amertume. (Il fit pivoter son fauteuil et me regarda comme si j'étais le responsable de la panne.) Comprenez-vous ? C'est bien l'influence extérieure.

— Alors il n'y a plus qu'une seule explication, répondis-je, mal à l'aise. Les Martiens disparus.

— Exactement, acquiesça Annibal. Ils nous épient. Ils vont essayer de s'emparer du déformateur. C'est leur seule chance de quitter cette époque.

— La nôtre aussi, constatai-je.

Mes pensées se bousculaient. Effectivement, il ne pouvait s'agir que des Martiens. Il leur était arrivé à peu près la même chose qu'à nous. Cela avait été évident, depuis le début. Seulement nous ne pouvions nous attendre à ce qu'ils aient échoué à la même période que nous.

« C'est cela, la Perche ! » me signala Annibal par télépathie. Alors seulement je remarquai qu'il avait de nouveau espionné mes pensées. « Comprends-tu peu à peu à quel point notre situation est précaire ? Les Martiens ne tiennent absolument pas compte de notre présent de l'an 2011. Il leur est complètement égal de provoquer ou non un chaos par un paradoxe temporel. Ils veulent seulement quitter cette époque. »

Je regardai Goldstein. Avec Framus Allison et le colonel Steamers, notre ultra-logicien des ensembles, il essayait de nous libérer du champ énergétique entravant des Martiens.

Je comprenais bien que les efforts des spécialistes resteraient sans effet. Nous ne pourrions continuer que si les Martiens étaient d'accord. Tant que nous ignorions où ils se tenaient, nous ne pouvions rien faire. Ils s'y entendaient beaucoup mieux que nous dans la technique du déformateur. Les opérations de commutation qui étaient tout à fait naturelles pour eux, nécessitaient chez nous de longues discussions entre Goldstein et Allison. La question ne se posait donc pas de savoir qui ici était supérieur à l'autre.

Nous étions coincés. Goldstein ne pouvait plus nous sortir de cette situation. Ici, d'autres moyens devaient être employés. J'étais convaincu qu'il nous fallait trouver les Martiens et les vaincre par des moyens psychologiques.

« Pourquoi ne pas s'adresser directement à eux ? » demanda le nabot par télépathie.

« C'est trop tôt, répondis-je de la même manière. Ils veulent le déformateur. Ils sont dehors, nous sommes dedans. Notre position est donc malgré tout toujours meilleure que la leur. Nous devons attendre. Ils vont se manifester. »

En quelques mots, j'informai les autres du résultat de nos réflexions. Kindy Edwards était déjà au courant. Elle avait écouté notre échange télépathique. Elle me faisait pitié. Elle paraissait épuisée et je regrettais de l'avoir emmenée avec nous. Je craignais que cette mission ne soit au-dessus de ses forces.

— Et combien de temps, s'il vous plaît, devrons-nous rester ici ? demanda Samy Kulot.

— On verra, éludai-je.

Son ton ne me plaisait pas.

— Tiens donc, dit-il ironiquement. Alors puis-je faire remarquer que nous nous trouvons précisément dans le secteur où va commencer dans vingt-huit heures environ, la bataille navale entre les Britanniques et les Allemands ?

Stupéfait, je calculai. Le diagnostiqueur psy avait raison. Son calcul de position était d'une précision absolue. On ne voyait encore aucun vaisseau de guerre aux environs. Mais sur les écrans radar, des échos bien nets se dessinaient. Ils ne nous avaient pas intéressés parce qu'ils indiquaient des navires qui étaient encore très éloignés de nous. Mais cela changerait bientôt.

— Quelles sont nos chances de réussite ? demandai-je à Goldstein.

Il hocha la tête.

— Inexistantes. Si les Martiens ne le veulent pas, rien ne bougera ici.

Je ne pus m'empêcher de penser que les jours suivants, près de 10 000 hommes allaient mourir dans cette zone. Ils seraient déchiquetés par des éclats d'obus et entraînés avec leurs bateaux dans les profondeurs. La mort de chacun d'eux serait un enfer pour nous, les télépathes. Kiny était déjà épuisée. Devais-je l'exposer au spectacle d'un massacre ? Devais-je permettre que son cerveau sensible subisse une telle torture ?

Il me fallait faire quelque chose. Je devais prendre contact avec les Martiens afin qu'ils nous tirent d'ici.

Le temps pressait.

Je m'assis devant l'un des visiophones, le branchai et tentai de m'adresser aux Martiens. Le nabot joignit ses efforts aux miens. Ses regards devinrent fixes. Il savait que les hommes cherchés devaient se trouver quelque part dans les environs. Il les cherchait par des moyens psy.

Nous devions utiliser la moindre chance qui s'offrait à nous.

CHAPITRE V

Vingt-quatre heures plus tard, nous n'avions toujours pas enregistré de succès. Les Martiens gardaient un silence obstiné. Ils n'avaient nullement l'intention de discuter avec nous. Nous étions d'accord pour dire qu'ils avaient adopté une tactique d'usure avec laquelle ils espéraient vaincre notre résistance.

Mais là n'était pas la raison de notre nervosité croissante. Le temps filait et le début de la bataille navale approchait dangereusement. Nous avions déjà des navires de guerre britanniques et allemands sur nos écrans images. Mais apparemment les deux partis ignoraient encore tout l'un de l'autre. Toutefois cela ne durerait plus très longtemps avant qu'ils ne se voient.

Maintenant, Kiny et moi essayions aussi de localiser les Martiens par télépathie. Ils devaient se trouver quelque part dans les environs sinon ils n'auraient pu nous prendre dans leurs rets énergétiques.

Deux autres heures passèrent. Nous nous regardâmes en secouant la tête. Kiny se résigna. Ses yeux étaient creusés et je décidai de lui interdire toute activité.

— Petite, maintenant on arrête, dis-je. Nous n'avancerons pas ainsi.

Chagrine, elle se mordit la lèvre inférieure ; dans ses yeux brillait une seule question angoissée. J'inclinai la tête.

— Kiny, le docteur Kulot va te faire une piqûre. Tu vas dormir.

— Pourquoi ?

— Il le faut, déclarai-je doucement. Tu sais ce qui va bientôt se passer. Les flottes se sont aperçues. Il est 17 heures. Dans deux minutes, le navire amiral allemand va donner le signal : feu par tribord.

Samy Kulot préparait déjà la piqûre. Kiny releva la manche de sa veste, découvrant son poignet.

— A 17 h 50, ils ouvriront le feu, poursuivis-je. Les Britanniques leur rendront aussitôt la monnaie de leur pièce et mieux vaut que tu ne suives pas ce qui se passera alors. J'espère seulement pour toi que tu dormiras vraiment profondément.

— Ses sens psy seront également déconnectés, promit Samy.

— Je l'espère ! fit remarquer Annibal d'un ton menaçant.

Quand il s'agissait de Kiny, il ne savait pas plaisanter.

Samy injecta la drogue. Cinq minutes passèrent puis les paupières de Kiny s'alourdirent. Elle résistait encore à la lassitude bien qu'elle comprît que tout cela n'était fait que pour la ménager.

A 17 h 50 exactement, le *Seydlitz* ouvrit le feu. En fait, les Britanniques n'hésitèrent pas une seconde. La bataille commença. Les deux flottes se rapprochèrent. Tout d'abord, les Britanniques avancèrent vers l'est et virèrent ensuite vers le sud. Apparemment ils voulaient encercler leur ennemi. Les Allemands souscrivirent à cette tactique. Puis la flotte allemande lança comme un coup de poing dans le flanc des Britanniques.

Chose surprenante, personne ne fit attention à nous. Le cube sombra encore de quelques mètres si bien qu'il était maintenant bien enfoncé dans l'eau. Il fallait supposer que les deux partis ne savaient que penser de nous. Même quand le *Von der Tann* qui attaquait se fut rapproché à quelques mètres seulement de nous, son commandant ne réagit pas. Nous pouvions nettement voir que les hommes à bord nous regardaient avec agitation mais comme nous étions totalement passifs, ils ne se virent pas obligés de tirer sur nous.

— Le commandant retransmet par radio la nouvelle de notre découverte, dit le colonel Steamers.

Je le rejoignis près du poste radio.

— Nous ne pouvons naturellement pas permettre cela, dis-je. Brouillez la liaison.

Il eut recours aux moyens techniques du déformateur temporel, dans la mesure où il le pouvait. J'étais sûr que maintenant aucune information ne pouvait plus parvenir au continent. Dans les rapports historiques de la bataille du Jutland, le cube métallique à l'éclat bleuâtre n'était pas mentionné et les choses devaient en rester là. Nous devions empêcher toute incidence de notre présence sur l'avenir.

Avec une agitation croissante, nous suivions la bataille au cours de laquelle les Allemands obtenaient nettement l'avantage. Dès les premières heures, la flotte britannique perdit plusieurs destroyers, trois cuirassés et un vaisseau de ligne. Et les pertes allaient encore s'accroître.

Tard dans la soirée, un cuirassé vint vers nous en tanguant. Nous vîmes les obus allemands exploser sur la tourelle et sur la proue. Sous le choc de l'explosion, hommes et débris furent projetés par-dessus bord. La mer écumante nous cacha un bref instant ce qui se passait effectivement à bord du vaisseau de guerre. Mais quand il ne fut plus qu'à une centaine de mètres de nous, il se coucha sur le côté.

— Le rafiot coule, constata Annibal.

Un autre obus frappa le cuirassé juste sous la ligne de flottaison et ouvrit un trou gigantesque dans le flanc. C'en était trop ; ce fut le coup de grâce.

L'équipage monta dans les chaloupes. Nombreux furent les hommes qui sautèrent simplement dans les flots. Ils ne portaient pas de gilets de sauvetage et n'étaient pas non plus équipés pour une telle situation.

— Mon Dieu, pas ça! dit Annibal en blêmissant.

En dépit de l'obscurité et de la brume, nous pouvions nettement voir ce qui se passait au-dehors. C'était ce que j'avais voulu éviter à Kiny. Les caméras électroniques nous transmettaient une image d'une netteté extrême de la tragédie.

Les naufragés nageaient droit sur nous. Ils nous avaient découverts et espéraient trouver leur salut chez nous.

— Nous devons les aider, dit Samy Kulot.

— En aucun cas, déclarai-je durement.

Les scientifiques me regardèrent, épouvantés.

— Nous ne pouvons tout de même pas

regarder ces jeunes gens périr misérablement là dehors ! s'emporta Framus Allison.

— Si, nous le devons, messieurs ! répliquai-je en ayant du mal à leur cacher que j'avais la gorge serrée. N'oubliez pas que la mort de ces hommes est un fait historique. Ces hommes sont morts et nous ne devons pas les faire survivre, car sinon nous changerions le futur.

— Mon Dieu, mais ce sont encore des enfants ! dit Kenji Nishimura qui était non seulement électronicien et logicien en programmation mais aussi médecin. Konnat, ils ont 18 ou 19 ans !

— Ne me rendez pas responsable de leur mort, répondis-je plus brutalement que je ne le voulais réellement. Je n'y puis rien changer.

Quelques-uns des matelots coulèrent sous nos yeux. Mais trois hommes atteignirent le déformateur temporel. Ils quittèrent le champ des caméras et nous savions tous qu'à ce moment ils tentaient de monter sur le cube. Désespérément, ils s'efforçaient d'escalader les parois lisses.

— Je sais que vous avez raison, Konnat, dit Framus à voix basse, tout près de moi. Mais pourtant je me sens mal à l'aise. C'est la chose la plus horrible que j'aie jamais vécue.

Je fermai les yeux.

Que faire ? Je ne pouvais rien faire. Si

parmi les naufragés quelqu'un avait réellement survécu, alors c'était sans notre intervention. Nous devions fermer les yeux devant cette détresse, là dehors.

Je me sentais misérable et je maudis le fait qui nous avait forcés à risquer cette mission. A quoi donc cela servait-il que je prenne conscience que des hommes mouraient non seulement là, juste sous nos yeux, mais partout dans ce secteur ? A rien. Absolument à rien.

Je ne devais pas sauver ces hommes, pas plus que je n'aurais dû préserver un John F. Kennedy de l'attentat ou un Socrate de sa célèbre fin. Il m'aurait été interdit de guérir un Périclès de la peste, de retenir le bras des lanceurs de bombes de Sarajevo, ou de prendre son revolver au tueur suivant qui, lui, avait réussi son coup.

— Je me demande pourquoi je ne me suis pas simplement couché, remarqua Samy Kulot.

— Ces damnés Martiens me le paieront, annonça Annibal tremblant de colère.

— Ils ne sont pas responsables, petit, dis-je. N'oublie pas qu'ils ne connaissent pas les événements historiques.

— Cela m'est complètement égal. Ils me le paieront. (Il me regarda d'un air désespéré. En hésitant, il montra le plafond.) Je crois que l'un de ces garçons s'est réfugié là-haut. Que va-t-il lui arriver ?

— Attends, lui conseillai-je.

Je n'osais dire ce qu'il n'était pas nécessaire d'exprimer.

Les paroles étaient d'ailleurs absolument inutiles. Tous savaient et tous reculaient devant la décision.

Framus Allison se passa la main dans ses cheveux blonds, en brosse, dans lesquels perlaient des gouttes de sueur bien qu'il ne fît nullement trop chaud dans la cabine. Ses taches de rousseur ressortaient beaucoup plus nettement que d'habitude sur son teint blême.

Le visage espiègle de Samy Kulot paraissait gris et vieilli. Le médecin psy évita mes regards.

Nous devions jeter à l'eau tous ceux qui s'étaient réfugiés sur le déformateur temporel. Aussi horrible que nous fût cette idée, il n'y avait pas d'autre solution.

Le professeur Goldstein rompit le silence.

— Ils nous libèrent, dit-il.

Annibal sautilla littéralement vers lui. Il était visiblement heureux de toute diversion.

— Effectivement remarqua-t-il, stupéfait. (Il pivota sur lui-même.) La Perche, nous revenons à flot !

Goldstein hésita. J'allai vers lui et appuyai brusquement le levier en avant. Le déformateur temporel accéléra fortement. Il sortit de l'eau, passa à toute vitesse devant un cuirassé britannique et disparut ensuite du secteur des combats. Je poussai un soupir de soulagement.

Une vingtaine de minutes s'écoulèrent puis la côte norvégienne surgit devant nous.

— Tout cela ne sert à rien. Nous devons faire un contrôle, dis-je en faisant un signe au professeur Goldstein.

Cette fois-ci il réagit promptement. Le déformateur décéléra fortement et s'arrêta ensuite sur place, juste au-dessus de l'eau. Nous étions encore à une dizaine de kilomètres des écueils à l'entrée du port de Kristiansand.

Je n'attendis pas que les autres disent quelque chose. Annibal et moi nous nous comprenions sans grandes paroles. L'un de nous devait sortir. Je m'en chargeai et ouvris l'écoutille. Mes craintes de rencontrer les yeux d'un matelot, marqués par la peur de la mort, ne se réalisèrent pas.

Le nabot m'aida à monter sur la face supérieure du cube. Ici non plus il n'y avait personne. A mon grand soulagement, nulle part, il n'y avait trace de naufragés. Je savais très bien que je n'aurais pu jeter à l'eau aucun de ces garçons. Je respirai, soulagé. Maintenant je savais que nous n'avions tué personne. Pendant la phase d'accélération j'avais observé les écrans. Personne n'était tombé du déformateur. Nous devions donc nous être trompés. Si quelqu'un avait nagé jusqu'à nous, il n'avait alors pas pu s'accrocher.

Je tentai de me consoler à l'idée que ces hommes, au fond, étaient des morts. Je devais voir la chose comme dans un film où j'étais certes témoin des événements mais ne pouvais rien y changer.

Je revins dans la cabine et vis à quel point les autres étaient soulagés.

— Cap au nord-ouest, dis-je. Là-bas, le pays est montagneux. Il n'y a pas encore de route. Les Norvégiens qui veulent se rendre de Kristiansand aux autres patelins de la côte, doivent prendre le bateau. Nous n'avons donc pas à craindre d'être dérangés si nous suivons un des petits fjords et atterrissons dans une vallée.

Goldstein pilota le déformateur temporel parmi les écueils, volant si bas que nous étions bien cachés par les îlots rocheux. On n'avait pas besoin d'être vus depuis Kristiansand.

Nous passâmes au ras de montagnes couvertes de pins rabougris. Kristiansand ne se voyait guère. Seules quelques rares maisons avaient de la lumière. Puis enfin, nous pûmes poser le transmetteur temporel sans avoir à craindre d'être dérangés. Le seul danger qui nous menaçait, émanait des Martiens. Mais ceux-ci ne pouvaient se permettre de nous attaquer tout simplement, car ils avaient besoin d'un déformateur intact, en parfait état de marche.

Maintenant il s'agissait d'attendre. Je savais que les Martiens se manifesteraient.

Le déformateur était posé sur un sol rocheux dans une vallée de quelque trois kilomètres de long sur deux de large. Ici, dans la région côtière, les montagnes atteignaient environ deux cents mètres de haut.

La nuit passa sans que les Martiens se manifestent. Nous ne pouvions les repérer ni techniquement, ni paranormalement. Même dans cette région déserte on ne relevait pas trace des sphères mentales étrangères de ces soldats du passé.

Les choses évoluèrent au lever du jour.

J'avais quitté le déformateur et j'étais descendu vers le petit torrent qui traversait la vallée. Je me lavai le visage et les mains dans l'eau fraîche. Près de moi passèrent quelques saumons. Dans quelques décennies, de tels poissons n'existeraient plus dans ce torrent. Les eaux côtières seraient polluées et trop pauvres en oxygène. Ce qui survivrait toutefois se prendrait dans les filets des pêcheurs qui se mettraient en colère devant les résultats de plus en plus faibles des prises, mais n'auraient jamais l'idée d'accorder un répit aux poissons. En 2011, le saumon deviendrait finalement une denrée de luxe que l'on ne pourrait guère se payer.

Mais peut-être aussi n'existerait-il plus. Peut-être n'y aurait-il même plus d'humanité, voire de globe terrestre. A vrai dire, si les Martiens atteignaient leur objectif, l'avenir nous était bouché. C'était justement le but de notre mission : préserver cet avenir pour l'humanité.

Je sentis en moi un susurrement, un chuchotement étrange. Il venait de la côte, était étranger et désagréable. Je me redressai. A vingt mètres de moi, Annibal était debout sur un rocher. Il inclina légèrement la tête de côté et tendit l'oreille en levant la main droite vers moi.

— Ils arrivent, mon grand, dit-il en découvrant ses dents.

— Où est Kiny ?

Avec le pouce il indiqua le déformateur temporel, par-dessus son épaule.

— Elle roupille encore. Le produit que Samy lui a filé fait effet assez longtemps.

Je me séchai le visage. Les Martiens approchaient. Je pouvais percevoir quatre pensées. N'étaient-ils vraiment que quatre ? Où étaient les autres ? Et s'il ne s'agissait pas des Martiens qui avaient quitté le déformateur temporel et avaient ensuite été portés disparus ?

— Ce sont eux, dit Annibal à voix haute qui m'avait épié télépathiquement.

Passant devant lui, je me dirigeai vers le transmetteur. Il me suivit mais n'entra pas dans le cube.

— Ils arrivent, annonçai-je.

Le colonel Steamers, le professeur Goldstein, Allison, Nishimura, Samy Kulot et Kenonewe qui portait sur le front les cicatrices des Phoros, saisirent aussitôt leurs armes.

— Attendez, dis-je. Utan et moi allons nous éloigner de quelques pas. Vous brancherez l'écran protecteur et ne l'ouvrirez que sur mon ordre. Nous resterons en liaison par Kiny dès que la petite sera réveillée. Combien de temps faudra-t-il, Samy ?

Le docteur Kulot regarda son chronographe.

— Plus que quelques minutes. Elle s'agite déjà.

— Alors tout est clair.

Je quittai la cabine et rejoignis Annibal qui était accroupi sur une pierre, comme un tailleur du temps jadis. Sa main était posée sur le commutateur de l'écran protecteur individuel. Nous n'avions pas l'intention de prendre des risques.

Le glisseur martien à coussin d'énergie apparut au-dessus des rochers. Il était équipé de radiants spirales complémentaires qui auraient fait honneur à un blindé. Les muscles de mon abdomen se crispèrent quand je vis l'arme se diriger vers moi. Je sentis une résistance psy quand un scintillement verdâtre enveloppa l'appareil. Le contenu des cerveaux des quatre occupants parut se retirer derrière un ouatinage.

« Ils enfilent leurs gilets mentaux, la Perche, signala Annibal de sa manière habituelle, afin que nous ne remarquions pas qu'ils perdent le contrôle de leurs circonvolutions cérébrales. »

« Erreur, rectifiai-je. Ils ne savent ni qui nous sommes, ni ce dont nous sommes capables. »

J'étais parfaitement calme ; j'observais les quatre hommes dans le glisseur tranquillement mais avec la plus grande concentration. Mon nouveau sens psy de la prémonition ne se manifestait pas comme il le faisait lorsqu'un danger menaçait. Les Martiens n'avaient donc pas l'intention d'ouvrir le combat avec des radiants énergétiques. Ils ne pouvaient se le permettre.

« Petit malin ! Le nabot ne pouvait s'empêcher de faire des remarques de ce genre. Ils ignorent quelle est la situation à l'intérieur. »

Je tenais mon radiant à deux mains, en travers de mes jambes, faisant ainsi comprendre aux visiteurs du passé que moi non plus je ne pensais pas au combat. Il est vrai que le scintillement vert de l'écran protecteur m'enveloppait. Annibal aussi avait pris la même précaution.

Le glisseur atterrit sur les rochers. Quatre hommes en descendirent. Deux d'entre eux étaient des Atlantes de grande taille, les deux autres des Phoros. Leur peau était sombre et leur front portait les cicatrices caractéristiques de ces Pré-Africains.

Je débranchai mon écran protecteur. Les Atlantes me comprirent. Leurs nobles traits se détendirent. L'un d'eux sortit de sa poche de poitrine un mini-traducteur en forme de bâtonnet. Des appareils de ce genre devaient être dotés d'informations détaillées sur la langue à traduire, avant d'être en état de fonctionner. Je devais supposer que les hommes avaient rempli ces conditions fondamentales car cela faisait déjà assez longtemps qu'ils séjournaient à cette époque, sur la Terre, et avaient eu suffisamment de possibilités de s'informer.

— Nous vous ordonnons d'évacuer le transmetteur temporel sur-le-champ et de nous le laisser, dit une voix sortant de l'appareil.

— Autrement ? demandai-je.

— Nous ne vous comprenons pas, répondit l'un des deux Atlantes.

Il était aussi grand que moi, donc 1,90 m. Sa peau était d'un brun tendre. Ses yeux noirs me regardaient d'un air inquisiteur. Il s'y reflétait ce qu'il pensait de moi. Je tentai de forcer son barrage psy mais je n'y parvins pas. Il me repoussa aussi tranquillement que nous chassons une mouche.

— Que voulez-vous dire par « autrement » ?

Je souris.

— Vous semblez avoir l'impression que nous ne vous avons attendus que pour vous remettre l'appareil. C'est une erreur.

L'expression de ses yeux se modifia légèrement. L'Atlante s'approcha de moi. Il ne faisait aucun doute qu'il était le commandant du petit groupe. Par son attitude, l'autre Atlante montrait nettement qu'il considérait cet homme comme son supérieur. Il se sentit pourtant autorisé à faire une réflexion.

— Il ne sait de quoi il parle, Takalor, dit-il méprisant. Peut-être ne peut-il même pas comprendre.

— Silence, Oftroc ! exigea Takalor.

Il s'adressa de nouveau à moi. Maintenant nous n'étions plus qu'à une dizaine de pas l'un de l'autre. Il vint vers moi et s'arrêta à deux mètres. Il m'examina d'un air scrutateur. Puis il hocha la tête et regarda en direction d'Annibal, toujours assis en tailleur sur son rocher. Le scintillement verdâtre de l'écran protecteur l'enveloppait. Le nabot découvrit ses dents et sourit à l'Atlante comme si tout ceci n'était qu'une plaisanterie et non du plus grand sérieux. Il nous fallait arriver à un accord avec ces quatre hommes. En aucun cas nous ne devions leur permettre de modifier les événements historiques. Le déformateur temporel ne devait pas non plus tomber entre leurs mains. En tout cas, pour le moment, pas plus que nous ils ne pouvaient utiliser l'appareil.

— Où l'avez-vous trouvé ? me demanda Takalor.

A cet instant je compris. Jusqu'alors cette idée ne m'avait absolument pas effleuré parce qu'il était tout à fait impossible pour les hommes de l'an 1916 de s'approcher d'un transmetteur temporel. Ils ne possédaient pas encore de fusées pour aller sur la Lune où ils auraient pu s'emparer d'un tel appareil.

J'indiquai le ciel, sans quitter l'Atlante des yeux.

— Sur la Lune, Takalor. Mais d'ici-là il se passera quatre-vingt quatorze ans.

« Maintenant il pige, me lança Annibal par télépathie. Serait-il possible, mon grand, qu'il t'ait pris jusqu'ici pour un homme tentant d'infléchir à sa manière la bataille du Jutland ? »

De nouveau, l'expression des yeux noirs se modifia. Si j'avais été gratifié jusqu'alors d'une indifférence absolue, je croyais maintenant reconnaître une certaine estime. Cepen-

97

dant Takalor ne voyait nullement en moi un égal en droits car il ne pouvait sans doute pas imaginer que l'évolution technologique de l'humanité dans les quatre-vingt-dix années à venir, conduirait à une époque comparable à la sienne. Et je devais lui donner raison. Si l'on jaugeait l'état de notre technique dans cent ans au legs martien, alors notre position était bien modeste. La différence avec ce qu'offrait l'année 1916 n'était alors absolument plus si grande.

Oftroc, le second Atlante, rejoignit Takalor. Il me jeta un regard pénétrant comme s'il voulait vérifier mon état mental. Il nous sous-estimait toujours considérablement. Les deux Phoros à peau sombre se tenaient toujours en retrait. Ils étaient à proximité immédiate du glisseur à coussin d'énergie et tenaient leurs radiants de manière à pouvoir tirer au plus vite. Les yeux vigilants, ils nous observaient, moi, Annibal et le déformateur temporel.

— Et maintenant vous pensez pouvoir utiliser le déformateur sans réserves ? dit Oftroc.

Le traducteur positonique ne pouvait fournir qu'une traduction objective et tout au plus esquisser les émotions sous-jacentes. Pourtant le mépris de l'Atlante me frappa avec une netteté suffisante.

— Pour nous les choses ne se sont pas

passées autrement que pour vous, répondis-je avec autant de distance. Si nous vous proposons maintenant une collaboration, ce n'est pas parce que nous sommes en position de faiblesse. Nous ne faisons aucun cas de vous transformer en nuages d'énergie incandescente à l'aide de nos armes.

— Que voulez-vous alors ? demanda Takalor.

Il me fut immédiatement plus sympathique. Il paraissait être moins étroit d'esprit et moins intransigeant qu'Oftroc. Il était moins orgueilleux et intellectuellement il semblait être aussi plus accessible.

— Notre intention est de vous éloigner de cette époque aussi vite que possible, déclarai-je. Par toutes vos actions, vous mettez notre futur en péril. Nous ne pouvons permettre cela. Réfléchissez-y et vous me donnerez raison.

Takalor gesticula de la main droite. Je sentis qu'il voulait ainsi exprimer une certaine approbation.

— Le problème est facile à résoudre, remarqua Oftroc. Vous n'avez qu'à nous remettre le déformateur temporel. Alors nous disparaîtrons et tout rentrera dans l'ordre.

— Vous oubliez que nous non plus n'avons pas le droit de rester dans cette époque.

— Qui êtes-vous ? s'enquit Takalor.

Je montrai mon jeu et expliquai sans ménagements à quelle organisation j'appartenais, quel grade j'occupais et quelle tâche m'avait été confiée. Je leur laissai cependant ignorer que je savais quel plan à retardement ils avaient mis au point et que j'étais décidé à faire échouer ce plan.

Takalor et Oftroc étaient décontenancés. Ils ne s'étaient pas attendus à ce que le C.E.S.S. entreprenne une contre-opération car ils ne pouvaient deviner que nous étions arrivés à la bonne conclusion. Ils ne pouvaient savoir que nous avions rencontré Tafkar, l'Atlante au quotient d'intelligence surstocké et que, finalement, nous l'avions suivi dans le passé, soit 187 000 ans plus tôt. Par le Pré-Africain Khoul tombé entre nos mains, nous avions appris que Tafkar, au départ, n'avait pas été le chef de l'expédition Temps mais n'avait été élevé à ce titre que lorsque les savants martiens, Takalor, Oftroc et d'autres, avaient disparu lors d'une escale dans le temps.

— Le déformateur temporel s'est activé de manière autonome et a emporté Tafkar plus loin dans le futur, déclarai-je pour terminer. Mais cela ne se produira pas avec cet appareil-ci. Nous le contrôlons.

Takalor montra le cube.

— Je suppose que des scientifiques de

votre organisation se trouvent à son bord, dit-il. Puis-je parler à l'un d'eux ?

Je compris ce qu'il voulait.

— D'accord. Mais ne vous laissez pas entraîner à des réactions déraisonnables.

— Vous pouvez me faire confiance.

« Kiny ? » J'appelai la jeune fille par télépathie. Comme il fallait s'y attendre, elle répondit aussitôt.

« J'ai tout suivi. Nous avons pu entendre grâce au micro directionnel. »

« Que le professeur Goldstein vienne. »

Annibal pointa son radiant, comme par hasard, sur les deux Phoros. Il découvrit ses dents.

— Je ne voudrais conseiller à personne de faire des mouvements bizarres, dit-il. Je suis effroyablement nerveux. Il se pourrait que cette chose dans ma main parte toute seule.

Les deux Pré-Africains remirent leurs radiants à la ceinture. Les Atlantes se comportèrent également de manière pacifique. Ils ne voulaient pas tirer parce qu'ils savaient que sans notre aide ils ne pourraient rien faire.

Le scintillement de l'écran protecteur qui enveloppait le déformateur temporel s'éteignit. L'écoutille s'ouvrit. Le professeur Goldstein sortit. Il s'éloigna rapidement du cube de métal et ne ralentit le pas que lorsque l'écran d'énergie se fut redressé. Les yeux vigilants, il examina les Atlantes.

— De quoi doit-on discuter ? demanda-t-il sans laisser voir à quel point la rencontre avec ces hommes d'un lointain passé le bouleversait.

Je reculai un peu et laissai le champ libre au scientifique. Tandis qu'il parlait avec l'Atlante, je me contentai d'observer et peu à peu je fus persuadé que nous pouvions courir le risque de collaborer avec les naufragés. Ils se trouvaient dans une situation analogue à la nôtre. Ils nous importait de retourner le plus tôt possible 187 000 ans en arrière. Chaque minute était précieuse. Nous savions que Tafkar, le contrôleur du futur, retourné à son époque, raconterait là-bas que la bombe à retardement ne s'était pas allumée en l'an 2011. Là-dessus, les Martiens y apporteraient des modifications pour qu'en définitive elle fonctionne malgré tout comme prévu. Il s'agissait d'empêcher cela. Nous devions compléter notre équipement aussi vite que possible et partir de nouveau à la recherche de Tafkar.

Mais sans l'aide des Atlantes, ce n'était vraisemblablement pas possible.

Le professeur Goldstein se tourna vers moi. Il fronça les sourcils.

— Maintenant tout est clair, Konnat. Les Atlantes ont chaviré dans le même tourbillon dimensionnel que nous. On vient de me confirmer qu'Allison et moi étions sur la bonne piste. Nous avons constaté que la cause de tout se trouvait dans le même minéral que celui recherché par Tafkar. Il s'agit d'un cristal à oscillations quintidimensionnelles, fabriqué artificiellement. Encore une fois, seuls les scientifiques de Mars connaissent la technique nécessaire à sa fabrication. Ils l'appellent « Ghueyth ». Il est utilisé pour tous les processus qui du point de vue de l'hyperphysique, relèvent de la cinquième dimension.

— Eh bien, c'est parfaitement clair, fit remarquer Annibal, sarcastique. Pourquoi aviez-vous encore besoin qu'on vous l'explique ?

Le professeur Goldstein, comme d'habitude, fit celui qui n'avait pas entendu. Seul un léger tressaillement des coins de sa bouche me révéla qu'il avait parfaitement compris le nabot.

— Ces quartz à oscillations sont en miettes et donc inutilisables, poursuivit-il. Takalor et moi sommes tombés d'accord pour dire qu'il doit y avoir à cette époque-ci, un niveau d'interférence qui détruit ces cristaux. Telle fut la cause de l'accident temporel des Martiens et de l'avarie que nous avons subie. Nous avons été accidentés dans le même tourbillon dimensionnel.

Je m'adressai à Takalor :

— Vous étiez neuf. Maintenant je ne vois que quatre personnes. Où sont les autres ?

— Morts, répondit-il sans hésiter. Tous les cinq ont été abattus. Trois scientifiques et deux Phoros.

La manière dont il dit cela me montra clairement le peu d'estime qu'il avait pour les Pré-Africains.

— Où cela s'est-il passé ? Avez-vous été mêlés aux hostilités ?

Il me regarda d'un air aussi stupéfait que si j'avais demandé l'impossible.

— Vous ne croyez tout de même pas sérieusement qu'il eût été possible de tuer mes compagnons avec les armes primitives de ces barbares !

— Alors qui, Takalor ?

Il retroussa les lèvres :

— Des Denébiens !

CHAPITRE VI

Soudain je compris tout. Les ennemis jurés des Martiens avaient attaqué le groupe et l'avaient touché au vif. Naturellement, les Martiens avec leurs auxiliaires phorosiens n'avaient pas appareillé de la Terre avec leur déformateur temporel, mais de la Lune où se trouvait, avec Zonta, la plus puissante forteresse de défense. Il n'était que logique qu'ils soient partis de là pour leur futur.

Mais comment étaient-ils allés de la Lune à la Terre ?

La réponse à cette question était évidente. Sur notre satellite ils avaient dû s'emparer d'un astronef. Il n'existait pas d'autre possibilité.

Je regardai Takalor.

— Vous n'y parviendrez pas sans notre aide, lui déclarai-je. Ni l'un ni l'autre n'avons d'autre solution. Nous collaborerons ou nous périrons tous deux.

— Comment en arrivez-vous là ? me

demanda-t-il et je vis ses yeux noirs étinceler d'un air moqueur.

Ou bien Takalor était tout à fait sûr de son affaire ou bien il ne se laissait pas déconcerter.

— Où est votre astronef?

Il sursauta. Il ne s'était pas attendu à cela.

— Vous savez réfléchir.

— Merci, répondis-je en dissimulant un sourire et sans me sentir flatté.

Cela me faisait tout simplement plaisir que tout comme moi il sautât plusieurs étapes de raisonnement. L'homme m'était de plus en plus sympathique et je ne voyais plus un ennemi en lui. C'était plutôt un homme partageant les mêmes opinions que moi, mais encore récalcitrant, qui ne pouvait s'affranchir de l'idée qu'il dépendait d'un «primitif».

— Alors... où?

— Au sud-est d'ici.

Il saisit un rameau, ratissa le sol avec ses pieds et dessina, avec une précision étonnante, une carte de l'Europe centrale et orientale. Il y marqua l'endroit où se trouvait l'astronef.

— C'est une petite unité de seulement quarante mètres de diamètre, expliqua-t-il.

Par là il ne pouvait entendre qu'un astronef du type *1418*. Cela me semble une dérision qu'un tel navire du type «quatorze-dix-huit » ait un rôle à jouer dans cette guerre que nous avions coutume d'appeler également « quatorze-dix-huit ». Etait-ce réellement un hasard ?

— Que s'est-il passé ? demandai-je, mal à l'aise, car je sentais la peur monter en moi.

— Les Denébiens nous ont poursuivis et tiré dessus. Nous avons dû nous poser en catastrophe. Le navire a subi de gros dégâts.

A cet instant, un cri d'effroi télépathique retentit en moi et j'eus conscience qu'instinctivement je m'y étais attendu.

« Thor ! cria Kiny Edwards, le docteur Kulot vient de signaler que l'astronef se trouvait juste dans le tracé du front entre les Russes et la 8e armée allemande sous les ordres de Hindenburg. »

L'effroi me coupa bras et jambes. Les événements du détroit du Skagerrak avaient déjà été assez terribles. Or voilà que deux armées ennemies pouvaient s'emparer sans grandes difficultés d'un astronef hypermoderne tombé entre les lignes du front. Une catastrophe de dimensions inimaginables était possible. Je me rappelais trop bien quelle avait été l'attitude de nos scientifiques devant les merveilles de la technique martienne. Et pourtant nous étions beaucoup plus avancés du point de vue technologique que ne pouvaient l'être les hommes de cette époque-ci. Après tout, ils étaient toujours convaincus qu'un voyage dans l'espace était impossible alors que nous avions déjà vaincu l'obstacle de la pesanteur. Il suffisait d'imaginer ce qui se produirait s'ils amorçaient, par mégarde, une bombe martienne à fusion nucléaire ou une bombe à destruction moléculaire. Il était impossible de prévoir comment cela finirait.

— Vous avez pâli, général, constata Takalor. Quelque chose ne va pas ?

Je lui expliquai la situation politique et militaire. Alors lui aussi devint inquiet. Il pouvait, bien mieux que moi, imaginer les effets destructeurs d'une manipulation, voulue ou non, du futur.

Mais il n'y avait pas que cela qui engendrait en moi un sentiment d'extrême stupéfaction.

Il fallait considérer comme un fait que les Denébiens étaient devenus actifs sur la Terre. Les événements sur la Lune en étaient la preuve manifeste. Les hommes de cette époque-ci ne se doutaient certes pas de ce qui s'était passé là-haut et quelles répercussions cela pouvait avoir pour l'humanité. Ils savaient seulement que la Lune existait.

Maintenant je comprenais que des commandos d'intervention denébiens avaient existé avant même que le C.E.S.S. n'ait été fondé. Si nous ne les détruisions pas, et le plus vite possible, ils attaqueraient la Terre.

De nouveau cela signifiait un paradoxe temporel négatif.

« Je me sens mal », me signala le nabot par télépathie. Il glissa en bas de son caillou et se passa la manche sur sa bouche, après avoir débranché son écran individuel.

— Nous allons vous accorder toute l'aide dont vous avez besoin, promis-je à Takalor. D'ailleurs vous n'y arriverez pas seuls. Vous ne pouvez combattre en même temps l'humanité entière et en plus les Denébiens.

— Je le comprends bien, répondit l'Atlante, décidé. J'accepte votre proposition, général. En contrepartie je vous offre les cristaux oscillants quintidimensionnels dont vous avez besoin. Avec les moyens dont nous disposons, nous irons chercher la quantité nécessaire dans la forteresse lunaire. Vous pouvez me faire confiance pour ça. Avec eux, vous pourrez regagner votre temps.

D'un geste absolument humain, il me tendit la main. Je la serrai.

Pourtant je ne pouvais pas surmonter totalement ma défiance. Qu'attendaient les Atlantes de nous ? N'avaient-ils pas l'intention de repartir dans « leur » temps, c'est-à-dire dans le passé ?

Takalor devina mes pensées. Il sourit.

— Nous n'avons qu'une seule préoccupation, général. Elle concerne nos ennemis, les

Denébiens. Peu nous importe notre destinée personnelle si nous parvenons à anéantir les Denébiens encore vivants.

Il me fallut quelques secondes avant que je reconnaisse qu'il avait vraiment dit la vérité. Il ne connaissait pas de but plus élevé à l'existence, que le combat contre les Denébiens.

J'avais laissé entrer Takalor dans le déformateur temporel et l'avais présenté aux autres. Il devait savoir que nous n'avions pas bluffé et qu'effectivement, nous n'étions pas seuls.

Maintenant nous étions prêts à partir. Kiny Edwards devait rester près du déformateur comme relais télépathique. Framus Allison qui pour saluer les Atlantes avait sorti les mains de ses poches — un événement en soi — devait nous accompagner. Les autres membres de notre expédition dans le temps devaient protéger la machine temporelle car naturellement il n'était pas exclu que les Norvégiens puissent la découvrir par hasard.

Framus portait lui aussi un écran protecteur individuel. Nous l'avions reçu des mains de Tafkar.

Je m'assis près de Takalor dans le glisseur. Annibal se retira dans le coin tout au fond de la cabine.

« Je me méfie des Phoros, m'expliqua-t-il.

Ils sont trop calmes et cela ne leur convient pas que les Atlantes veuillent maintenant s'appuyer sur nous. »

Je savais qu'il avait raison.

Takalor appareilla. Franchissant les barrières rocheuses, il dirigea le glisseur vers la haute mer. Un vent violent du sud-est soufflait vers nous, fouettant l'eau et faisant apparaître les hauts-fonds innombrables devant la côte. Les vagues se brisaient dessus et l'écume s'envolait très haut. Mais pour le glisseur martien, ces conditions atmosphériques ne jouaient aucune rôle. L'Atlante fit monter l'appareil jusqu'à une centaine de mètres et accéléra à plein régime. Je tentai de repérer les navires combattant dans le détroit du Skagerrak, mais en dépit de la grande visibilité, je ne pus rien voir.

Je m'appuyai en arrière dans les coussins et fermai les yeux. Je pénétrai alors dans les pensées d'un Phoros, à son insu. L'homme brûlait d'ambition. Il se sentait offensé parce que les Atlantes au cours des dernières heures lui avaient si peu prêté attention. Maintenant il attendait fébrilement l'atterrissage près de l'astronef avarié. Il était persuadé que les Denébiens attendraient là-bas pour pouvoir tuer les derniers membres encore vivants de l'expédition. Il se préparait à ce conflit. Il était décidé à se battre durement et sans réserve. Il ne pensait nullement à respecter mes conditions. Cela ne l'intéressait pas que j'aie ordonné de ne tuer ni Russes, ni Allemands, mais de les étourdir tout au plus avec des paralysants.

Je décidai de l'avoir à l'œil.

« En cas de besoin, je mettrai un terme à sa vie indigne », me transmit le nabot.

« Prudence, l'exhortai-je. Nous dépendons d'eux. »

Je perçus une espèce de rire hystérique.

« N'oublions pas qu'ils veulent carrément nous rouler, mon grand. Pense qu'en fait ils ne sont venus à notre époque que pour contrôler la bombe à retardement qu'ils ont posée 187 000 ans plus tôt. Ils savent maintenant que l'objet n'a pas fonctionné comme ils se l'étaient imaginé. Hé ! la Perche, enfin pigé ? »

« M'entends-tu bâiller ? »

« Ne crâne pas ainsi. Ce sont des comportements pubertaires. Nous sommes donc d'accord qu'ils ne doivent pas retourner dans leur époque. Sinon ils pourraient aider Tafkar à construire une nouvelle bombe, meilleure, qui nous transformerait tous en poussière d'étoiles. »

« Tu ferais mieux de surveiller les deux Phoros. »

« Je tente précisément de t'imaginer en poussière d'étoile. »

Je sentais le désespoir monter en lui bien

112

qu'il tentât d'élever un barrage contre mes forces psy. La situation devenait de plus en plus critique et bientôt elle serait sans issue.

Je me demandais si les Denébiens opérant sur la Terre provenaient également d'un commando du Temps ou s'ils étaient venus cette année-là sur la Terre depuis la Lune. Peut-être tiraient-ils même les ficelles à l'arrière-plan de cette guerre ? Et dans ce cas, quel but poursuivaient-ils ce faisant ?

Quand nous atteignîmes la côte danoise, nous arrivâmes sous d'épais bancs de nuages. Takalor augmenta la vitesse et fit monter le glisseur à quelque deux mille mètres d'altitude ; nous fûmes alors bien au-dessus de la couche et pûmes ainsi avancer à l'abri des regards. Je regrettais un peu de ne pouvoir rien voir des îles du Grand Belt, de Ruegen et de Bornholm. Ces années-là, le monde était encore propre et la Baltique était encore une mer biologiquement irréprochable.

Au-dessus de la baie de Gdansk, les nuages se déchirèrent, mais comme d'autres bancs suivaient, à une trentaine de kilomètres de là, Takalor resta à l'altitude choisie.

Ensuite il fit piquer le glisseur et nous fonçâmes directement à travers les nuages. Il ne s'orientait plus qu'à l'aide de ses instruments de détection qui nous transmettaient une image parfaite du paysage s'étendant au-dessous de nous. L'astronef se distinguait très nettement. En raison de son potentiel énergétique, il émettait un bel écho radar. Je pris conscience de la facilité avec laquelle les Atlantes avaient pu découvrir notre déformateur temporel. Avec ces appareils et instruments, on pouvait surveiller de grandes parties de la Terre.

Naturellement je devais partir de l'hypothèse que les Denébiens n'étaient pas moins bien équipés. Ils étaient quelque part dans le secteur et nous guettaient, prêts à frapper à tout moment. Je pouvais voir, à l'air de Takalor, ce qu'il ressentait et je pus en conclure que ce glisseur n'était pas équipé des appareils antidétection habituellement primordiaux des Martiens.

L'Atlante connaissait le danger qui nous menaçait. Je posai la main sur mon ceinturon et sentis sous mes doigts le commutateur du projecteur d'écran individuel. Quand je regardai Framus, je constatai qu'il se préparait de la même façon, pour les minutes à venir. Mais nous ne branchâmes pas les appareils car nous ne voulions pas accroître le risque de détection.

Soudain un cri retentit en moi. Ma tête pivota. Annibal avait les yeux fixes. Il bascula lentement en avant. Je l'attrapai et il se rétablit en quelques secondes. Ses pensées tressaillaient en moi.

« Ils sont là. Je les ai saisis, mon grand ! »

114

Un certain effroi se manifestait dans ses pensées. Le nabot s'était trop avancé et avait été confronté à une mentalité qui ne pouvait provoquer chez nous que la répulsion.

Je fus pris d'un frisson. Avec une rapidité fantomatique, ma main alla frapper mon ceinturon. En un éclair, l'écran individuel se dressa. Annibal agit de la même façon. Notre nouvelle faculté psy de prémonition, qui croissait encore en intensité, s'empara de nous et nous força à réagir à des choses que les autres n'avaient pas encore remarquées, qui n'étaient pas encore parvenues à notre conscient et qui même pour des appareils d'une très haute technicité n'étaient pas encore détectables.

— Framus ! m'entendis-je crier.

En ces fractions de seconde, le scientifique australien prouva qu'il était non seulement un as très qualifié mais aussi un homme extrêmement vigilant. A peine avait-il entendu mon avertissement et vu le scintillement vert tilleul de mon écran énergétique qu'un éclair jaillit dans ses yeux, que son visage parsemé de taches de rousseur se tendit et que son poing frappa le commutateur de son projecteur d'écran.

Les deux Atlantes réagirent sensiblement plus lentement. Il leur fallut à peu près deux secondes de plus qu'à nous. Cela aurait pu leur être fatal. Auparavant, un obus provenant du front russe était arrivé avec un sifflement et avait frappé le glisseur en biais, par en bas. Le projectile explosa avec une détonation et un jet de flammes. Je vis l'un des deux Phoros voler de son siège et heurter le plafond. Je perçus un bruit singulier en moi, que je ne pus expliquer plus tard que comme étant la rage désespérée d'un cerveau mourant.

Mais à ce moment, je m'étais déjà mis le bras devant les yeux en geste de protection, pour ne pas être aveuglé par le flot de lumière. En même temps, ma main gauche, comme une flèche lancée par la corde d'un arc, jaillit vers Takalor et rectifia par le circuit séparé, le vol du glisseur. J'évitai ainsi que l'appareil ne se retourne avant même que l'Atlante n'ait compris ce qui se passait. L'onde de pression projeta le glisseur très loin sur le côté mais se déchaîna principalement sur la partie inférieure, si bien que nous fûmes fortement plaqués dans les coussins.

Quand l'accélération diminua, il fut évident que nous étions en chute. Au-dessous s'étendait une vaste zone de forêts parsemée de larges clairières. On voyait nettement les deux lignes du front qui s'étendait d'un côté de Kovel, au nord, à Kolomyia, au sud, et de l'est de Tchernovtsy jusqu'à Sarny, au nord. Des deux côtés, les canons tonnaient. Nous percevions le grondement sourd des mortiers lourds chez les Allemands et les violentes détonations des obus sortant des canons longs des troupes tsaristes.

Entre-temps, Takalor s'était assez ressaisi pour être capable d'agir. Mais il ne parvint pas à se maîtriser complètement. Ses actions étaient marquées par la panique et la peur de la mort. C'est ainsi qu'il fit des erreurs de manœuvre qui rendirent notre situation encore plus périlleuse.

« Fais quelque chose, la Perche ! » exigea énergiquement le nabot.

D'une main rude je saisis le bras de l'Atlante et le tins fermement.

— Général, non ! rugit Takalor.

Je le poussai de côté et enfonçai quelques touches. Le groupe à fusion du glisseur se mit à hurler. L'appareil bascula sur le côté et partit en glissade.

— Vous avez gagné, imbécile ! cria l'Atlante.

Il voulut reprendre le commandement mais je ne le laissai pas faire. Quand nous ne fûmes plus qu'à une vingtaine de mètres au-dessus d'une casemate cachée sous les arbres, je mobilisai les dernières réserves de l'épave car le glisseur n'était plus qu'une épave. De nouveau il bascula, mais cette fois-ci de l'autre côté et ainsi son vol se stabilisa-t-il. Nous étions presque immobiles au-dessus du sommet des sapins. Puis nous partîmes vers

le bas mais à vitesse modérée et nous atterrîmes avec fracas parmi quelques buissons.

De la casemate, des hommes en uniforme
sortirent précipitamment. C'étaient des Allemands et des officiers de l'armée austro-
hongroise. Je crus reconnaître le général
Pflanzer-Baltin, commandant de la 7e armée.
Nos regards se croisèrent quand je sautai du
glisseur en compagnie d'Annibal et de Framus. Nous roulâmes sur le sol moelleux de la
forêt, couvert d'aiguilles de sapins.

Les officiers aux nombreuses décorations
étaient interdits. Leurs mains étaient posées
sur les pistolets qu'ils portaient au ceinturon
mais aucun d'eux ne sortit une arme. Les
yeux écarquillés, ils regardaient les restes du
glisseur martien qui devait leur apparaître
comme le méchant ouvrage, au sens propre
du terme, d'un monde tout à fait autre. Ils
n'avaient jamais vu d'aéronefs pouvant se
passer d'ailes ; ils n'avaient pas la moindre
idée de la technique d'antigravitation et de la
fusion nucléaire, des moyens positoniques de
commande et de contrôle, pas plus que des
performances des ordinateurs qui se trouvaient à bord. Nous venions vraiment d'un
autre monde et malgré notre avarie, nous
étions toujours si bien équipés que nous
aurions pu gagner la guerre mondiale.

Qu'auraient pu faire des fusils, des mitrailleuses, des grenades ou des lance-flammes

contre seulement nos radiants énergétiques et surtout contre les écrans protecteurs individuels ?

Naturellement, ces officiers ne pouvaient se livrer à de telles réflexions. Ils devaient nous prendre pour un commando tsariste doté d'armes entièrement nouvelles.

De l'arrière du glisseur un jet de flammes jaillit. Je vis Takalor et Oftroc se sauver de l'appareil. Un des deux Phoros en sortit lui aussi. L'autre était manifestement mort.

Avec une rapidité incroyable, le Pré-Africain saisit son radiant énergétique. Le canon en spirale se dirigea vers le haut commandement des troupes occidentales.

A cette seconde, le sort de toute l'Europe était en jeu. La mort de ces officiers influerait de façon décisive sur les hostilités qui d'après les archives dureraient dans ce secteur jusqu'au 7 décembre 1917. En aucun cas je ne pouvais permettre cela.

Je pivotai sur moi-même.

Mon radiant énergétique flamboya. Soudain le Phoros se trouva dans un flot de feu. Il leva les bras. Son arme qui se consumait peu à peu tourbillonna jusqu'à un groupe de buissons où elle explosa.

Annibal, Allison et moi étions déjà couchés derrière la racine d'un sapin abattu. Avec son paralysant, le nabot envoya les officiers au pays des rêves. L'Australien liquida de même cinq autres officiers qui sortaient du bunker. Jusqu'à cet instant, les deux Atlantes n'avaient pas encore tiré un seul coup.

Je me relevai en souplesse.

— On en reste là, Takalor, dis-je tranquillement mais d'un ton si décidé qu'il ne pensa nullement à regimber.

Désemparé, il regardait les hommes paralysés, couchés par terre. Pour lui, tout s'était passé beaucoup trop vite. Maintenant seulement, il assimilait pleinement ce qui s'était somme toute passé. Sa mâchoire s'affaissa. Il montra les cendres qui restaient du Phoros. Le vent les faisait tourbillonner et les poussait dans les buissons en feu.

— Vous ne pensiez tout de même pas, que je permettrais une manipulation du futur ? lui demandai-je.

— Bien sûr que non, répliqua-t-il d'une voix hésitante.

Puis il fit un effort sur lui-même, se redressa et retroussa les lèvres avec mépris. D'un geste bref, il montra les restes du Phoros.

— C'était un imbécile, dit-il.

— Si nous voulons rester ici plus longtemps, je propose que nous nous mettions un peu plus à notre aise, fit remarquer le nabot, sarcastique. Que diriez-vous si je m'occupais de la bière et du schnaps ? On bavarde beaucoup mieux ainsi.

120

Nous entendîmes les cris d'alerte des troupes plus éloignées. Naturellement, le minus avait raison. Nous ne devions pas rester une seconde de plus sur les lieux car nous aurions toute la meute sur le dos. Nous devions nous esquiver aussi vite que possible.

— Où est l'astronef ? demandai-je.

Takalor se retourna en hésitant et montra ensuite le sud.

— Je l'ai vu. Il n'est plus très loin, répondit-il.

Nous partîmes en grande hâte. Quand nous fûmes à vingt mètres du glisseur, Annibal et moi nous nous retournâmes. Nos radiants énergétiques crachèrent, et la seconde d'après, l'épave se transforma en boule de feu flamboyante. Nous reprîmes notre course car maintenant j'étais certain que dans quelques minutes les hommes de ce front ne pourraient plus reconnaître ce qu'avait été, un jour, cette chose en feu. En outre il leur faudrait s'occuper des paralysés. Ils n'auraient pas le temps de s'étonner de quelque chose. Mais le haut commandement se garderait de parler de nous. Les officiers ne fourniraient que des renseignements évasifs car sinon ils courraient le risque de passer pour des fous.

CHAPITRE VII

Annibal Othello Xerxes Utan s'arrêta, comme s'il s'était heurté à un mur. Ses yeux devinrent fixes et il bascula en avant. J'eus tout juste le temps de l'attraper sinon il se serait étalé de tout son long dans une mare de boue.

— Que lui arrive-t-il ? demanda Takalor.

Je tirai le nabot un peu sur le côté et le laissai tomber sur une souche d'arbre. Je pénétrai doucement dans son cerveau m'avançant jusqu'au barrage qu'il avait dressé. J'avais déjà compris.

Le petit bonhomme soupira et ses yeux se réanimèrent.

— Des Denébiens, déclara-t-il d'une voix rauque. (Il se frotta le cou.) Personne ici n'a de whisky à m'offrir ?

Framus Allison mit la main sous sa veste et tendit une flasque à Annibal. Le nabot s'était attendu à tout sauf à cela.

— Moi qui pensais que vous aviez toujours les mains dans les poches, dit-il avec un sourire en biais.

— Buvez avant que je ne le regrette.

Annibal renifla le flacon ouvert, hocha la tête et dit :

— Avouez donc, Framus, que vous n'aviez pas l'intention d'utiliser votre radiant contre nos ennemis. Vous vouliez empoisonner tout ce qui pouvait présenter un danger pour vous. Exact ?

Framus Allison ne fut absolument pas vexé. Le visage impassible, il reprit sa bouteille et la remit dans sa poche.

— Vous avez mentionné les Denébiens, dit Takalor inquiet. Vous ai-je bien compris ?

— En effet, répondit Annibal en se levant. On a tenté de s'emparer de moi par hypnose. Ne l'auriez-vous pas remarqué ?

— Je croyais que vous aviez été touché par un rayon paralysant.

Annibal fit la grimace. Il n'en croyait pas un mot.

— Ils arrivent. J'ai senti les impulsions d'au moins trois Denébiens.

Takalor et Oftroc échangèrent un coup d'œil. Ils avaient compris.

« Ça ne fait rien qu'ils soient quelque peu au courant de mes facultés psy, mon grand. Ils n'ont pas à les craindre. »

Les troupes tsaristes ouvrirent le feu au canon. Nous entendions les obus passer au-dessus de nous et s'abattre à l'ouest. Sous nos pieds, le sol tremblait. Takalor nous poussa à nous hâter. Son inquiétude croissait de minute en minute.

Nous nous frayions un chemin à travers des buissons épais vers une chaîne de collines derrière laquelle devait se trouver l'astronef. Takalor m'avait expliqué qu'il avait atterri dans une profonde dépression de sorte qu'il fallait se trouver juste devant pour voir la sphère spatiale à l'œil nu. Elle était bien protégée par les hauts sapins.

Naturellement, ce n'était pas une protection suffisante contre les ennemis jurés des Martiens. Les Denébiens disposaient de détecteurs de premier ordre grâce auxquels ils pouvaient sans peine découvrir l'astronef.

« Je me demande d'où ils sortent, la Perche. »

« Ils ne peuvent venir que de la Lune. Il s'agira de « dormeurs » provenant de l'ère martienne, jadis. »

« Des spéculations d'un haut degré de probabilité. »

— Attention ! cria Framus Allison.

Nous atteignîmes une petite clairière qui se poursuivait vers l'est en une laie. Une trentaine de soldats du tsar en jaillirent, se précipitant vers nous. Baïonnette au canon et tenant leurs longs fusils en biais, devant eux, ils couraient comme s'ils devaient sauver leur peau.

J'intervins aussitôt par télépathie. Il me fallait savoir ce qu'ils avaient l'intention de faire mais je me heurtai au néant. Les cerveaux de ces hommes étaient complètement vides. Les soldats agissaient comme des robots. De fait, dans cet état ils n'étaient guère plus que cela.

Leurs visages étaient figés et froids. Leurs regards passaient devant nous comme si nous n'existions pas. Et pourtant leur attaque nous était exclusivement destinée. Annibal et moi partîmes de côté en courant. Je fis pivoter mon combi-radiant, toujours réglé pour envoyer un rayon de choc, et l'arrêtai sur le groupe des assaillants. Sept hommes environ tombèrent au sol. Les autres continuèrent par-dessus eux comme si de rien n'était.

Deux Russes se jetèrent dans l'herbe, levèrent leurs fusils et tirèrent sur les Atlantes mais sans obtenir l'effet recherché. En un centième de seconde, les balles se consumèrent en pure énergie.

Trois hommes se précipitèrent sur moi. Ils me tirèrent dessus, mais sans manifester la moindre surprise devant leur échec ils tentèrent de me transpercer avec leurs baïonnettes.

Je reculai.

Framus Allison poussa un gémissement

sonore. Il tituba, tomba à genoux et ne se défendit pas contre les Russes qui voulaient l'assommer avec la crosse de leur fusil. L'écran énergétique le protégea. Il ne sentit que de légères secousses. Il devait savoir que cette merveille martienne était sa meilleure assurance-vie. Et pourtant il tripotait son ceinturon.

Il voulait déconnecter son écran individuel !

Mon sang se figea dans mes veines quand je compris. L'Australien était livré, sans défense, aux attaques hypnotiques des Denébiens. Il faisait ce qu'ils lui suggéraient.

D'un geste énergique, je balayai les hommes qui frottaient leurs baïonnettes sur mon écran protecteur. Ils tombèrent par terre.

A cet instant, Framus débrancha son écran. Il était couché au sol, sur le dos, et laissa tomber ses bras sur le côté. Ainsi il offrait sa poitrine nue aux tsaristes. Deux des soldats levèrent leurs fusils. Les baïonnettes étaient pointées sur le cœur de Framus. Ils poussèrent un rugissement et frappèrent.

Le rayon paralysant de mon arme les renversa. Les lames se fichèrent seulement dans le sol près de Framus.

Je bondis vers lui et abattis mon poing sur le contacteur. Le scintillement verdâtre se rétablit autour du scientifique. Il me regarda

126

comme s'il me voyait pour la première fois de sa vie.

Les échecs ne découragèrent pas les soldats. Ils se précipitaient sans relâche sur nous, tiraient avec leurs fusils et pistolets, se jetaient sur nous avec leurs couteaux et baïonnettes ou tentaient même de nous assommer de leurs poings nus. Ils ne comprenaient rien.

Par-dessus leurs têtes, je vis une centaine de soldats arriver par le chemin forestier. Combien de temps encore les Denébiens allaient-ils poursuivre ces attaques absurdes ? Ils devaient pourtant savoir qu'ils n'obtiendraient rien de cette façon.

Quelques secondes plus tard, je révisai mon point de vue.

Je sentis l'attaque hypnotique de plusieurs Denébiens à la fois. Mes jambes se dérobèrent et je tombai à genoux. Sans comprendre ce qui se passait, je regardai un soldat qui voulait me percer de sa baïonnette. Naturellement il n'y parvint pas mais je me surpris, la main posée sur le commutateur de mon écran protecteur.

Je fus frappé d'effroi et en même temps je me cabrai contre les attaques suggestives des extraterrestres. Les soldats luttaient comme des robots sans âme. Ils ne connaissaient pas la peur.

Takalor se défendait avec les mêmes

moyens qu'Annibal, Allison et moi. Il tirait sur les hommes avec un paralysant et les abattait. Au moins cinquante soldats gisaient sur le sol. Les Russes qui suivaient leur couraient dessus sans y prêter attention. Ils leur causaient plus de blessures que nous ne l'avions fait.

L'incident avec le Phoros n'avait pas servi de leçon à Oftroc. Il en avait manifestement assez de cet assaut car il commuta son arme pour un tir énergétique.

Son radiant jeta un éclair. Un rayon étincelant, éblouissant, s'abattit avec un feulement au milieu des fantassins du Tsar. Il eut un effet catastrophique.

— Dites à cet imbécile qu'il ne doit utiliser que le paralysant, hurlai-je à Takalor qui était le plus gradé des deux et avait donc le commandement absolu.

Je supposais même qu'il était d'un grade supérieur à Tafkar dont la personnalité m'avait déjà fortement impressionné.

Un geste impératif de l'Atlante suffit et Oftroc obéit. Mais entre-temps il y avait eu au moins huit morts et trois blessés graves. J'aurais voulu crier de rage. Ce fou ne se doutait pas de ce qu'il avait peut-être occasionné. Il ne me restait qu'une faible consolation. Dans la bataille qui débutait dans ce secteur et qui porterait le nom du général Brussilov, les Russes devraient payer un lourd tribut. Leur offensive coûterait finalement un million de morts. Dans l'état actuel des choses, nous ne pouvions qu'espérer que les hommes tués par l'Atlante auraient été parmi ces morts lors d'un déroulement normal et non influencé du combat.

Je me retirai précipitamment.

« Veille sur Framus, ordonnai-je au petit. Il n'est pas de taille à résister aux impulsions suggestives des Denébiens. »

« Je vais veiller sur lui comme s'il était mon oncle à héritage. »

« Hé ! minus, depuis quand garde-t-on l'œil sur son oncle à héritage ? Je t'aurais cru plutôt capable d'aider celui-ci à trépasser. »

« C'est du Konnat tout craché ! Un rire retentit en moi. Naturellement, pour toi on ne peut hériter que de richesses. Mais il y a aussi une autre possibilité. Quand on accepte un héritage sans se convaincre auparavant que cela en vaut la peine, on peut se retrouver avec un million de dettes d'héritage. »

Je jetai un coup d'œil en arrière. Le nabot était au milieu d'une mêlée de soldats et transformait le combat en entraînement aux arts martiaux de jadis. Ses mains tourbillonnaient dans les airs et ses pieds démesurés décrivaient des cercles acrobatiques. Autour de lui, les fantassins s'écroulaient et restaient étendus au sol. L'effet de ses mains et de ses

129

pieds n'était pas moins efficace que celui des radiants de choc.

« Alors, félicitations, millionnaire ! »

« Trop tôt, répondit-il. Mon oncle à héritage vit encore et j'espère qu'il vivra au moins assez longtemps pour régler lui-même ses dettes. »

Par télépathie il fit encore d'autres plaisanteries mais cessa ce type de conversation quand il s'aperçut que j'avais trouvé ce que je cherchais. Entre-temps je m'étais éloigné de deux kilomètres environ du lieu du combat. Sous quelques sapins, trois hommes étaient debout. Ils étaient d'une taille surprenante mais également très minces. Il me semblait que je les voyais optiquement déformés. Leur peau était brune mais beaucoup plus foncée que celle des soldats du tsar.

Je ne doutai pas une seconde que ces trois-ci étaient des Denébiens. Ils paraissaient concentrés et tendus et semblaient écouter quelque chose qui était très loin d'eux. Je comprenais bien que d'ici ils dirigeaient le combat au moyen de leurs forces hypnotiques sans se rendre compte à quel point c'était absurde et peu promis au succès. Ils ne pouvaient à vrai dire pas savoir que les Atlantes avaient trouvé de l'aide auprès de deux Terriens aux dons psy et possédaient par là une force combattante beaucoup plus importante.

L'un des trois hommes avait les cheveux qui lui descendaient presque jusqu'aux épaules. Il avait un grand nez crochu et une barbe épaisse. Il portait une espèce de froc et par là contrastait nettement avec les deux autres qui avaient revêtu des uniformes d'officiers de l'armée tsariste.

Le barbu était celui qui ressemblait le moins à un Denébien mais c'en était un. Pour moi c'était parfaitement évident.

J'avais l'impression de l'avoir déjà vu quelque part. Son visage m'était connu mais j'avais beau fouiller dans mes souvenirs, cela ne me revenait pas.

En marchant par mégarde sur une branche, j'attirai leur attention. Ils réagirent avec une rapidité incroyable. Comme du gibier effarouché, ils s'égaillèrent. En même temps, ils sortirent leurs armes et un éclair passa avec un feulement au-dessus de moi. Je tirai au même moment et frappai l'un des Denébiens à la tête. Il ne disposait pas d'un écran protecteur. Le tir fut mortel.

Puis un rayon d'énergie tomba devant moi. Il transforma le sol de la forêt en lave incandescente qui m'éclaboussa et le liquide visqueux coula sur moi. L'écran individuel martien prit une coloration rougeâtre, ce qui indiquait nettement qu'il subissait une forte charge. Pour les Martiens qui exprimaient littéralement en couleurs tout ce qui était important, le rouge était le symbole du péril extrême.

Je roulai sur le côté et évitai ainsi le tir suivant. Puis je me relevai rapidement et courus vers les deux Denébiens qui étaient couchés derrière une bosse du sol. C'est-à-dire que je croyais qu'il y avait là-bas deux étrangers. Mais quand je fus assez près, je remarquai qu'il n'y en avait qu'un. L'homme en habit monacal avait disparu.

L'extraterrestre se leva. Il tenait un radiant énergétique dans chaque main et tira aussitôt. Les éclairs frappèrent en grondant mon écran protecteur et le firent virer au rouge. Pendant quelques fractions de seconde, je fus ébloui. Puis j'abaissai le doigt sur le déclencheur de mon arme. Je sentis une onde désespérée de force suggestive. Puis le faisceau d'énergie fortement comprimée jaillit de l'entonnoir en spirale de mon fulgurant et fila à travers une brèche structurelle de mon champ protecteur, créée par le dispositif automatique positonique. Le rayon d'énergie transperça la poitrine du Denébien et le transforma en cendres.

Je baissai mon arme.

Dans la forêt derrière moi, le silence s'était établi.

Luttait-on encore ?

« Nous nous sommes retirés, annonça

Annibal. Les soldats reprennent leurs esprits et se sauvent avec une peur panique. »

« Cela n'a pu se produire que lorsqu'ils ont pris conscience de ta présence, minus ! »

« Nombreux étaient ceux qui avaient déjà succombé à la puissance de mon rayonnement personnel. C'est ce que tu voulais dire par ta tendre remarque, n'est-ce pas ? Cela a-t-il été difficile de tuer les Denébiens ? »

C'était bien de lui. Il ne pouvait retenir ses commentaires malicieux mais ajoutait une question essentielle.

« D'une facilité surprenante, répondis-je tout en marchant. Ils paraissaient en quelque sorte affaiblis. »

Je lui transmis mon impression imagée du Denébien qui s'était échappé. Annibal poussa des criaillements de joie. Son rire me secoua le corps jusqu'à la pointe des pieds.

« Tu as dû te tromper, mon grand. L'homme que tu m'as décrit ne peut avoir été que Raspoutine. »

Ces paroles que je ne trouvais absolument pas spirituelles furent suivies d'un nouvel éclat de rire déchaîné.

Je n'avais aucune envie de l'écouter et je dressai un barrage contre lui. Cela me semblait la chose la plus raisonnable.

— Raspoutine ! Je t'en prie.

— Pourquoi refuses-tu de l'admettre,

mon grand ? Ce ne serait absolument pas exclu... non ? Seulement ça ne fait pas ton affaire.

Nous étions très bien cachés dans un épais taillis à trois kilomètres environ de l'astronef sphérique. Nous étions toujours entre les fronts. Le jour tirait à sa fin. Le calme régnait. Pas un tir, ni d'un côté ni de l'autre.

Framus Allison était appuyé, avec ennui, contre un épicéa. Les mains dans les poches de son pantalon, il renonçait à participer à notre discussion. Après que nous lui ayons dit que nous ne pouvions en aucun cas faire un feu de camp pour griller un lapin qu'il avait abattu, il ne nous cachait plus sa mauvaise humeur. Il avait faim et n'avait pas l'intention de se laisser réconforter tant que sa faim ne serait pas assouvie.

— J'ignore qui est ce Raspoutine dont vous parlez, dit Takalor, assis par terre avec Oftroc, mais je suppose qu'il a une certaine importance.

— Il avait une influence considérable sur le tsar, déclara Annibal. Pardon, « avait » n'est exact que du point de vue historique. Il a cette influence actuellement, ces jours-ci.

— Alors je devrais peut-être vous parler plus franchement.

Takalor me regarda sérieusement et je compris que jusqu'à présent il avait gardé pour lui certaines informations importantes.

— Parlez !

— Nous avons appris que les Denébiens ont pour objectif de faire de la Russie leur base de développement, déclara l'Atlante. Nous savons que grâce à leurs forces de suggestion, ils ont déjà pris sous leur contrôle de nombreux hommes de ce pays. Des scientifiques compétents, des politiciens importants et des militaires de haut rang doivent faire ce qu'ordonnent les Denébiens. Ceux-ci participent également au mouvement révolutionnaire. Le tsar Nicolas II doit être renversé. Si certaines espérances des Denébiens ne se réalisent pas, lui et toute sa famille seront assassinés.

J'écoutais l'Atlante, tout d'abord sans comprendre grand-chose à ce qu'il racontait. Tout en moi se révoltait contre la découverte de ce qu'en cet instant je ne voulais pas encore admettre. Mais ça ne servait à rien. Je devais accepter qu'une partie essentielle de notre histoire ait été déterminée par des extraterrestres. Je connaissais l'évolution historique et je savais quelles seraient les conséquences dans les décennies à venir, de ce qui se passait ici, ces jours-ci. L'idée du socialisme révolutionnaire ne venait certainement pas des Denébiens, mais à leur manière ils l'avaient utilisée à leur profit, avec logique.

Peu à peu je comprenais ce qui s'était

réellement passé en Russie entre 1914 et 1918.

— Qui est Raspoutine ? demanda Takalor.

Je le regardai. Dans la lumière déclinante, son visage paraissait encore plus sombre. Il faisait plus que jamais penser à un prince indien.

— Raspoutine est un moine russe qui œuvre comme guérisseur à la cour du tsar. Il s'y entend à atténuer l'hémophilie d'Alexis Nicolaïevitch, l'héritier du trône, et exerce ainsi une grande et néfaste influence sur la tsarine Alexandra et donc par là sur Nicolas II, répondis-je lentement. (Mes pensées se bousculaient. Chacune de mes paroles m'en faisait comprendre davantage.) A cause justement de sa grande influence, il s'est fait haïr par beaucoup d'autres. On a commis plusieurs attentats contre lui mais sans pouvoir le tuer. On lui a administré une dose de cyanure qui aurait suffi à tuer sept hommes : il n'a eu absolument aucune réaction.

— L'explication en est maintenant parfaitement claire, compléta le nabot. Les Denébiens ont un autre métabolisme que nous. Sans doute assimilent-ils le cyanure sans le moindre effort.

Framus Allison bâillait sans cesse et bruyamment.

— Messieurs, dit-il alors en bâillant

136

encore une fois, n'oublions pas que Raspoutine a un passé irréfutable et contrôlable.

— C'est possible, répondit Takalor. Je ne crois pas non plus que les Denébiens aient éliminé le véritable Raspoutine pour jouer son rôle. Je suppose que l'un des Denébiens prend seulement temporairement le rôle de ce moine. C'est pourquoi tout ce que vous lirez dans quatre-vingt-dix ans dans les livres d'Histoire au sujet de Raspoutine, ne signifie absolument rien. Ce ne sera même pas une demi-vérité parce que tous ceux qui ont eu affaire à lui auront été du moins, partiellement, sous l'influence psy des Denébiens.

Il se leva. Avec assurance il s'approcha de moi.

— Je vais poursuivre le Denébien et le tuer.

— Il n'en est pas question, répliquai-je. N'oubliez pas que Raspoutine est un personnage historique. Vous n'avez pas le droit de le tuer.

— Raspoutine a été assassiné en 1916, fit remarquer Framus. Qui dit que ce sont vraiment les conservateurs qui l'ont fait ? Takalor ne sera naturellement pas mentionné dans les livres d'Histoire mais il pourrait avoir été l'ange de la mort. Si nous le retenons, nous commettons peut-être une erreur redoutable.

J'avais le vertige. Je ne savais plus ce que je

devais faire. Oftroc sourit d'un air méprisant. Naturellement. Peu lui importait que nous modifiions le futur. La seule chose qui comptait pour lui, c'était la bombe à retardement. Si elle se déclenchait, c'en était de toute façon fini de l'humanité... Ce qui se passait maintenant lui était complètement égal.

— Quand Raspoutine est-il mort ? demandai-je. Je veux dire, quel mois ?

Le nabot et Allison me regardèrent, perplexes. Ils l'ignoraient. Naturellement je ne pouvais attendre de renseignements de la part des deux Atlantes. Ils connaissaient encore moins bien que nous les dates historiques.

— Bon, très bien, dis-je quand personne ne répondit. Laissons cela. Takalor, vous ne poursuivrez pas le Denébien. Nous n'avons qu'un objectif : nous devons entrer dans l'astronef et appareiller. Tout le reste s'ensuivra plus tard.

Il se leva et secoua les aiguilles de sapin de son pantalon. Il renonça à son projet avec une rapidité étonnante. J'aurais dû avoir des soupçons.

— D'accord, répliqua-t-il. Nous devons d'ailleurs nous attendre à ce que les Denébiens se remettent en travers de notre chemin si nous voulons approcher du navire. J'aurai alors sans doute le plaisir d'en éliminer quelques-uns.

138

— Le major Utan et moi partirons dès qu'il fera encore un peu plus sombre, déclarai-je. Vous attendrez ici. Dès que nous aurons reconnu la meilleure manière de procéder, nous viendrons vous chercher. C'est aussi valable pour vous, Framus.

L'Australien me fit un signe de tête maussade. Il mourait de faim. Les hommes de sa catégorie de poids devaient manger plus souvent que les autres. Je ne voyais aucun moyen de l'aider. L'estomac gargouillant, il devait tenir bon jusqu'à ce que nous soyons dans le navire. Là-bas il y avait suffisamment de provisions.

Le lapin paralysé se redressa. Encore à demi étourdi, il zigzagua ici et là entre nos pieds.

— J'en ai l'eau à la bouche, Thor, avoua Allison. Savez-vous, à vrai dire, que cet animal est encore vraiment bon ? Il n'est encore gâté par aucun type de pollution ou maladie. Voulez-vous réellement laisser échapper ce délicieux râble de lapin ?

— Même si vous devez en avoir les larmes aux yeux, Framus, oui !

Jeannot Lapin s'éloigna à grands bonds. Framus Allison se détourna. Je l'entendis parler entre ses dents d'un « tortionnaire barbare ». Etait-ce moi qu'il entendait par là ?

Les canons des Russes grondèrent. Des

obus passèrent dans un hurlement au-dessus de nos têtes et tombèrent à l'ouest. Il ne fallut pas attendre longtemps pour que de là-bas nous parvienne en guise de réponse, le grondement sourd des mortiers. Les points de chute étaient très loin de nous. Nous n'étions pas directement menacés.

Maintenant l'obscurité tombait rapidement. Je fis un signe au nabot. Nous partîmes pour notre expédition de reconnaissance.

CHAPITRE VIII

Nous parcourûmes au pas de course les cent derniers mètres nous séparant de notre cachette. De loin déjà nous pouvions capter les pensées de Framus Allison. Il est vrai qu'elles ne nous parvenaient pas nettement mais très confusément. L'Australien s'éveillait précisément d'un profond évanouissement.

Quand nous sortîmes des buissons, il se redressa en gémissant.

— C'est nous, Framus, dis-je.

Annibal et moi pouvions voir parfaitement dans l'obscurité. Nos sens psy amplifiaient des millions de fois la lumière des étoiles, comme un laser. Mais pour l'Australien, il faisait nuit comme dans un four.

— Que s'est-il passé ?

— Cette bande de salauds, dit-il en jurant.

Je le conduisis vers une souche où il put s'asseoir.

— Nous avons pu l'apprendre par vos pensées, dit Annibal.

Framus Allison avait horreur d'être sondé de cette manière. Il commença aussitôt son rapport.

— Deux officiers russes ont surgi près de nous. Ils étaient manifestement en reconnaissance. Les deux Atlantes les ont éliminés avec leurs paralysants. Ils leur ont pris leurs uniformes qu'ils ont revêtus. Puis ils ont réveillé les Russes et les ont interrogés. Je n'ai pas compris grand-chose. Je sais seulement qu'il a été question de Raspoutine et d'un avion. Selon toute apparence, le Denébien a filé en direction de Saint-Pétersbourg.

— Ils ont mentionné Saint-Pétersbourg ? demandai-je.

— Oui, ça je le sais.

— Nom de nom ! murmura Annibal furieux. Ces fous se sont lancés à la poursuite de Raspoutine. Ils veulent le tuer. Ils vont créer la pagaille !

— La mort de cet homme joue-t-elle réellement un aussi grand rôle ? s'enquit le scientifique. Je sais qu'il a effectivement été assassiné en 1916.

— Oui, mais quand était-ce ? demandai-je.

— Laissez-moi réfléchir, Thor. Oh, si seulement je n'avais pas aussi mal à la tête !

142

Vous ai-je dit que l'un d'eux m'avait donné un coup de crosse dessus ?

— Non, mais ce n'est pas non plus important, répondis-je. Quel mois est mort Raspoutine ?

— Je sais seulement que ce jour-là il faisait froid. Il y avait de la neige.

En gémissant, Allison se frappa le front du plat de la main.

— Voilà ce qui arrive quand il faut réfléchir l'estomac vide. Raspoutine a été tué le 16 décembre 1916. J'en suis maintenant tout à fait sûr.

L'effroi me coupa bras et jambes. Les deux Atlantes agissaient en irresponsables. Ils ignoraient ce qu'ils pouvaient déclencher s'ils tuaient le Denébien six mois plus tôt et modifiaient par là le cours de l'Histoire.

— Il nous faut faire quelque chose, mon grand, dit Annibal. Il ne faut pas que les Atlantes réussissent !

— Avec Framus, tu vas essayer d'entrer dans l'astronef en suivant le chemin que nous avons trouvé. Le navire doit être mis en sûreté. Je vais essayer de m'emparer d'un avion russe et de suivre Takalor à Saint-Pétersbourg.

Il voulut s'insurger contre cette distribution des tâches mais je ne le permis pas.

— Les Denébiens savent maintenant que nous voulons disparaître avec le navire, déclarai-je. Nous devons donc nous attendre à ce qu'ils attaquent avec brutalité et logique. Ils vont essayer de détruire l'astronef avant que nous ne soyons prêts à appareiller. Tu vas empêcher cela.

— O.K., je m'en charge, dit-il en bougonnant. Bien qu'à vrai dire, vous devriez comprendre, monsieur le général de brigade, qu'avec mon poids plume j'utiliserais beaucoup moins de jus que vous avec l'un des avions et que j'aurais ainsi un plus grand rayon d'action.

— Je le comprends bien, major. Mais on en reste là.

Je lui souris ironiquement car j'avais vu clair dans son jeu. Ses mains le démangeaient car il ne lui importait pas seulement d'empêcher les deux Atlantes d'accomplir leur meurtre mais il voulait aussi piloter l'une des cages à poules primitives de cette époque-ci.

— Qu'est-il advenu des deux officiers russes ? demandai-je.

— Les Atlantes les ont abattus quand ils ont su tout ce qu'ils voulaient savoir, répondit Allison. Or il aurait suffi de les mettre hors circuit pour quelque temps avec le paralysant.

Je ne comprenais plus Takalor et Oftroc. Pourquoi agissaient-ils ainsi ? Pourquoi avaient-ils frappé l'Australien ? L'effet d'un paralysant était beaucoup plus sûr qu'un

coup sur la tête et il aurait duré plus longtemps. Pourquoi avaient-ils tué les officiers ?
Ça ne servait absolument à rien.

— C'est Oftroc qui l'a fait. Il a utilisé le
pistolet de l'un des deux Russes.

Je pris congé d'eux et courus à travers la
forêt vers le front russe. Je voyais assez clair.
Je pouvais reconnaître tous les détails de
sorte que je ne trébuchais pas sur les racines,
ni ne me heurtais aux arbres. J'étais harcelé
par la peur car j'ignorais quelle avait été
l'influence politique réelle du Denébien qui
avait joué le rôle de Raspoutine jusqu'à sa
mort mentionnée par l'Histoire. Peut-être
que la Première Guerre mondiale prendrait
un tout autre cours si cet homme mourait dès
à présent.

Je ne comprenais pas Takalor. Cet homme
m'était sympathique. Je respectais ses
connaissances et ses facultés. Comment était-
il possible qu'un tel homme réagisse avec une
haine aveugle quand il rencontrait un Denébien ? Comment pouvait-il s'oublier au point
de vouloir poursuivre un seul Denébien sur
des centaines de kilomètres ?

J'atteignis un remblai de terre. Derrière
commençaient les réseaux de barbelés dressés
par les Russes comme barrages contre les
assaillants allemands et autrichiens. Quelques hommes patrouillaient derrière.

Je sondai leurs pensées.

Les Russes étaient en alerte ! Deux officiers s'étaient emparés du second des deux avions stationnés derrière les lignes et s'étaient enfuis avec lui. Raspoutine et un officier supérieur étaient partis avec l'autre appareil. Nul ne se doutait qu'en fait il ne s'agissait pas du célèbre moine mais d'un Denébien. On ne trouvait pas non plus insolite sa visite ici, sur le front, et l'on ne s'inquiétait pas. On se creusait seulement la tête pour savoir pourquoi les deux officiers s'étaient emparés du deuxième appareil. A ce sujet c'était l'incertitude la plus absolue.

Une voix familière retentit en moi.

« Hé ! la Perche ! Sais-tu, à vrai dire, que Raspoutine a mené une vie de débauche ? C'est-à-dire que les plus belles femmes de l'empire du tsar étaient constamment près de lui. Et qui plus est, pour les amis intimes de Raspoutine, la vie était également bien agréable grâce à lui. Tu n'as pas l'intention de devenir un ami intime de Raspoutine, j'espère ? »

« Nullement, répondis-je en riant. Que se passe-t-il ? »

« Le diable a fait acte d'indépendance. »

« Sois un peu plus clair, s'il te plaît. »

« Les Denébiens se sont confortablement installés dans le navire. Ils sont aux aguets et nous attendent. Avec leurs dispositifs d'hypnose, ils ont robotisé quelque cinq cents

146

soldats. Ceux-ci se sont retranchés tout autour du vaisseau. Nous ne passerons pas sans faire en même temps beaucoup de bruit. »

« Fais attention qu'ils ne te robotisent pas toi aussi. »

« Mon quotient individuel est beaucoup trop élevé. Ne t'en es-tu pas encore aperçu ? » (Il n'attendait apparemment pas que je réponde car il poursuivit :) « Que devons-nous faire ? »

« Attendre. Nous ne frapperons que lorsque je serai de retour avec les Atlantes. Il nous faut un succès rapide et ensuite nous ne pourrons nous permettre de perdre encore beaucoup de temps. Reste en liaison avec Kiny. »

Ainsi tout était clair. Sans les deux Atlantes, nous ne pouvions absolument pas partir. Je devais les attraper avant qu'ils ne puissent perpétrer leur attentat, et revenir avec eux. En aucun cas l'astronef ne devait rester ici. Aucun document historique ne faisait mention d'un tel objet dans ce secteur. Jusque dans les années 70, on avait discuté avec passion pour savoir si dans l'Histoire de notre planète, des astronefs de peuples extra-terrestres avaient jamais atterri sur la Terre. Cette discussion n'aurait jamais eu lieu s'il avait été trouvé ne fût-ce qu'un seul vaisseau spatial. Je m'étais moi-même préoccupé des apparitions, énigmatiques à l'époque, d'O.V.N.I. Moi aussi j'avais cru temporairement à la visite d'extraterrestres, jusqu'au moment où j'avais compris que cette hypothèse n'était que partiellement exacte. Plus de quatre-vingt-dix pour cent des O.V.N.I. véritables ne venaient pas des profondeurs de la Galaxie mais du futur. Les O.V.N.I. n'étaient pas des astronefs mais des transmetteurs temporels !

Je quittai le conscient des sentinelles russes et me dirigeai vers le front austro-allemand. Là-bas il devait aussi y avoir des avions. Le jour précédent nous avions entendu plusieurs fois les bruits de moteur d'appareils volant à haute altitude. Il ne s'était pas agi exclusivement d'appareils russes.

Au bout de trois kilomètres environ, je rencontrai la première sentinelle allemande. Elle se tenait sur une colline et regardait attentivement vers l'est. Elle ne me vit pas. Ses yeux n'étaient pas en mesure de reconnaître quelque chose dans cette obscurité. Pour moi, par contre, il faisait aussi clair qu'en plein jour. Tout en contrôlant ses pensées, je passai vivement devant le soldat. Il ne remarqua rien.

Hélas il ne savait rien des avions. A ce sujet, seul un officier qui, à deux kilomètres plus à l'ouest, effectuait un contrôle, put me renseigner. C'était un pilote et il s'occupait d'une avarie qu'avait subi un appareil. Involontairement, il me donna toutes les informations qu'il me fallait.

Je partis en courant. Chaque minute comptait. « Raspoutine » se trouvait déjà en l'air. Il s'éloignait du front et j'ignorais encore son objectif. Je ne pouvais que supposer qu'il irait à Kiev pour refaire le plein.

Peu avant que je n'atteigne le champ d'aviation, les Allemands ouvrirent le feu. Les lourds mortiers se mirent à gronder et envoyèrent leurs projectiles sur les Russes. De longs étendards de feu jaillirent des mortiers et m'éblouirent, me faisant cligner des yeux. Dès que je fus sous le couvert d'une forêt de sapins, tout rentra dans l'ordre.

Devant moi s'étendait l'aérodrome qui n'était rien d'autre qu'une prairie aplanie au rouleau. Je vis cinq appareils, chacun d'eux surveillé par une sentinelle. Mais les soldats n'étaient pas très vigilants. Ils ne s'attendaient pas à ce qu'il se passe quelque chose ici. Et le duel au canon qui recommençait, une fois de plus, ne les impressionnait pas.

Je contournai l'endroit jusqu'à ce que j'atteigne une cabane dissimulée. A l'intérieur, plusieurs pilotes dormaient. Un seul était éveillé. Il écrivait une lettre.

Je sortis de l'ombre des arbres et marchai droit sur le premier appareil. La sentinelle dut me prendre pour l'un des officiers. Elle me parla quand je fus à dix pas d'elle. Elle pointa son fusil sur moi et demanda le mot de passe.

— Richthofen, dis-je tranquillement.

Ses pensées me révélaient tout ce que je voulais savoir. L'homme abaissa son fusil. En quelques secondes j'appris que l'appareil était prêt à appareiller. Le plein était fait. Je ne voulus prendre aucun risque, je pointai mon combi-radiant sur la sentinelle et je l'étourdis. Je freinai sa chute et le fis glisser par terre. Je mis son casque, passai son fusil en bandoulière et me dirigeai vers les autres gardes. En quelques minutes, ils furent mis hors circuit de la même manière.

Ensuite la voie fut libre.

Je montai dans un coucou de type C.I. Il avait 12, 15 m d'envergure, 7,85 m de long et 3,07 m de haut. Le moteur de 160 C.V. à refroidissement à eau pouvait lui faire atteindre 152 kilomètres à l'heure à en croire les renseignements extorqués par télépathie aux sentinelles. C'était là une vitesse extrêmement modeste pour moi mais elle pouvait être impressionnante pour les hommes de 1916.

Je m'assis dans le cockpit ouvert et l'examinai. Au bout de quelques minutes, je crus savoir tout ce dont j'avais besoin. Je tirai le starter. Le moteur toussa un peu mais ensuite démarra. Je réduisis aussitôt les gaz pour ne pas faire hurler le moteur trop fort et regardai vers la cabane. Là-bas, deux pilotes apparaissaient déjà. Ils essayaient de reconnaître quelque chose dans l'obscurité. Je ne tenais pas à avoir une explication avec eux. Une balle bien visée ne pouvait que trop facilement me mettre hors combat.

Je lâchai les freins et accélérai. L'hélice tournoya en pétaradant. Des flammes jaillirent des soupapes d'échappement du moteur Mercedes puis je roulai avec fracas sur le terrain. J'avais l'impression d'être collé au sol. J'aurais tout donné pour savoir comment arriver à faire prendre l'air à cet appareil s'il n'allait pas plus vite.

Je percevais les pensées des pilotes. A leur avis j'allais déjà beaucoup trop vite !

Je tirai le manche à balai vers moi et le coucou s'éleva. Maintenant, les arbres fonçaient vers moi avec une rapidité inouïe. Je tirai encore sur le manche mais cela me parut sans effet. Involontairement, je fermai les yeux. Je n'entrai toutefois pas en collision avec les branchages mais passai avec un vrombissement juste au-dessus des arbres.

« Ne fais pas tant de bruit, la Perche ! dit une voix en moi. Tu vas réveiller tout le front. »

C'était légèrement exagéré. Je pariais que le bruit du moteur ne s'entendait guère dans le grondement des canons.

Je virai et mis le cap sur une brèche dans le front russe. Je pouvais voir très nettement les hommes, en bas, pointer leurs fusils sur moi. Le feu sortant de la gueule des armes éclairait leurs visages. Mais ils visaient mal. Les balles passaient loin devant l'appareil. Seuls trois ou quatre projectiles frappèrent la queue du coucou mais sans occasionner de graves dégâts.

Je fis monter encore un peu l'appareil puis je mis le cap à l'est. Pour un homme comme moi, accoutumé à des vitesses de Mach 3 et plus, c'était une torture de se traîner ainsi. Pourtant, les lumières de Kiev apparurent étonnamment vite. Mais peut-être aussi que le temps passa rapidement parce que je m'entraînais avec le coucou pour me préparer à l'atterrissage. Ce n'était pas plus difficile que ça de faire prendre l'air à un appareil comme celui-ci. Mais revenir au sol sans casser du bois était déjà une autre affaire.

En bordure de la ville de Kiev, je repérai de nombreuses positions. Le haut-commandement ne semblait nullement convaincu de la réussite de l'offensive de Brussilov. Manifestement, on considérait une percée de l'ennemi jusqu'à Kiev comme fort possible.

Je volais si haut qu'on ne pouvait m'identifier. Ce n'est que lorsqu'un projecteur tendit son doigt lumineux vers moi, que la situation devint désagréable. Mais je pus lui échapper en faisant descendre l'avion et en volant en rase-mottes au-dessus des toits.

Ce faisant, j'essayai de découvrir les deux Atlantes. Je déployai mes antennes psy. Finalement, au bout d'une demi-heure environ, j'y parvins. Entre-temps, l'agitation s'était répandue dans la ville. Le bruit du moteur avait réveillé les habitants en sursaut et dans l'intervalle, les militaires avaient classé l'appareil comme ennemi. Deux avions russes décollèrent pour m'intercepter et m'abattre. En appareillant ils me révélèrent où se trouvait l'aérodrome. Je n'avais attendu que cela. Je me dirigeai tout de suite vers le terrain d'aviation. Il était grand temps que j'atterrisse car les instruments indiquaient que le réservoir était vide.

Quand je cahotai sur l'herbe, des soldats russes arrivèrent de tous côtés. Ils couraient vers moi, le fusil en position de tir. Je sondai les pensées de quelques officiers et au bout de quelques secondes je sus que je n'étais pas le premier visiteur inattendu.

J'avais trouvé les Atlantes. Ils étaient ici, quelque part, à proximité.

Quand j'eus compris cela, je remis les gaz. Je pris ainsi de l'avance sur les soldats. Ils ouvrirent le feu sur moi mais entre-temps j'avais branché mon écran individuel et les projectiles restèrent sans effet.

Le coucou était à peine posé que je l'avais

quitté d'un bond et que je traversais le champ d'aviation à toute vitesse en direction d'un bâtiment plat. Je m'étais éloigné d'une trentaine de mètres quand l'appareil explosa. Quelques secondes plus tard il était la proie des flammes.

La porte principale du bâtiment s'ouvrit brusquement. Plusieurs hommes vinrent à ma rencontre, l'arme au poing, et tirèrent sur moi. Je me détachais nettement sur le fond lumineux que formait l'appareil en feu. Leurs balles manquèrent l'effet souhaité.

Je m'arrêtai et tirai avec mon paralysant. Les hommes tombèrent comme des mouches. Je bondis par-dessus eux et pénétrai dans le bâtiment. Deux officiers vinrent vers moi. Je pointai mon arme sur eux.

Ils me regardèrent d'un air consterné. Ils ne connaissaient ni la combinaison vert tilleul du C.E.S.S. que je portais, ni l'arme que j'avais à la main. Leurs pensées se bousculaient. Ils se livraient aux suppositions les plus folles à mon sujet, mais naturellement sans approcher de la vérité. Mais ils pensaient à deux officiers qui avaient été ici quelques minutes plus tôt et qui leur avaient également paru étranges. Il s'agissait des deux Altantes qui par leur aspect exotique devaient naturellement attirer l'attention, au cœur de la Russie.

Je m'effaçai sur le côté.

— Regardez dehors, ordonnai-je.

Ils ne comprirent pas. J'indiquai par-dessus mon épaule. Alors ils s'avancèrent vers la porte ouverte et regardèrent à l'extérieur. Ils n'osèrent pas se sauver dans la nuit parce que j'avais toujours le radiant pointé sur eux. Les corps couchés dans l'herbe, immobiles, leur firent une impression suffisante. Ils blêmirent et reculèrent. Déconcertés, ils m'examinèrent.

Je frappai parce que je ne pouvais tout simplement pas me permettre de perdre du temps. Je me concentrai et pénétrai en eux par des moyens paranormaux. Avec un gémissement, ils reculèrent en titubant. L'un d'eux s'appliqua les mains sur le visage. Il tomba à genoux.

— Où sont passés les deux officiers ? m'enquis-je.

Peut-être connaissaient-ils quelques bribes d'anglais mais peut-être aussi qu'un pont psy se forma entre eux et moi. Je ne puis le dire. Il me suffisait que cette fois-ci ils comprennent ce que je voulais dire.

Ils pensèrent tous deux à un grand bâtiment au centre de la ville, où séjournait le Denébien qui jouait le rôle de Raspoutine. Je sursautai.

— Conduisez-moi là-bas, ordonnai-je et au même moment je les libérai.

Ils me regardèrent, les yeux grands

ouverts. Ils souffraient de douleurs comme ils n'en avaient jamais connues auparavant et ils se sentaient complètement lessivés. Ils étaient dominés par une peur panique.

Je ne pouvais me permettre de les traiter avec plus de ménagements. Trop de choses étaient en jeu.

Ils passèrent devant moi en chancelant et sortirent. Dehors, ils levèrent les mains à hauteur des épaules, signe sans ambiguïté pour les hommes se trouvant devant le bâtiment. Je les suivis. A peu près deux cents soldats formaient un demi-cercle. Un nombre identique de fusils était pointé sur nous. Les phares d'une automobile éclairaient la scène.

L'un des soldats tira. Je vis jaillir l'éclair juste devant moi. Rien d'autre ne se passa. La balle avait ricoché sur mon écran protecteur. Je n'avais même pas senti un coup.

— Ne tirez pas ! hurlèrent mes deux prisonniers. Ne tirez pas !

Il ne semblait pas qu'il fût dans la mentalité des hommes de cette région, jadis, d'avoir égard l'un à l'autre. Au moins dix soldats tirèrent.

Je devais faire quelque chose. Comme je ne voulais tuer personne, j'utilisai encore une fois mon paralysant. Une vingtaine de soldats s'écroulèrent et restèrent étendus au sol, sans

156

bouger. Cela suffit. Les autres baissèrent leurs armes et reculèrent.

Je fis fuir un sous-officier de la voiture et je dirigeai mes deux officiers vers les sièges de devant. Je m'assis à l'arrière. Nous pûmes quitter l'aérodrome sans être inquiétés. Je poussai le conducteur à aller plus vite.

Takalor et Oftroc avaient une avance de presque vingt minutes. Je suais sang et eau parce que je craignais de ne plus pouvoir rattraper mon retard.

Les deux Russes ne semblaient guère se sentir mieux que moi, même si c'était pour d'autres raisons. Ils parlaient peu entre eux. Le conducteur allait vite. Le vieux clou avait une suspension dure et semblait avoir des pneus pleins. Il roulait avec fracas et cahotait sur les pavés de Kiev au point que j'avais du mal à rester sur mon siège.

Les rues étaient presque désertes et très rarement je voyais une autre automobile. Les eaux usées n'étaient pas encore évacuées sous terre et la puanteur qui me parvenait par les nombreux joints et fissures dans la carrosserie et par les vitres fermant mal, était en conséquence. En mon for intérieur, je m'étonnais que les hommes de cette époque ne soient pas morts par centaines de milliers rien que de ce manque d'hygiène. En l'an 2011, Kiev serait l'une des villes du monde les plus dignes d'être vues. Mais d'ici là, la route serait longue pour cette ville.

Une éternité paraissait s'être écoulée quand la voiture s'arrêta enfin devant un grand bâtiment en briques. Je vis qu'un autre véhicule était stationné là et que deux hommes en uniforme étaient couchés devant. Ils étaient morts. Assassinés avec des radiants énergétiques.

Je sautai de la voiture. Les visages de mes deux prisonniers étaient déformés par la peur. Ils croyaient que j'allais les traiter de la même manière que l'avaient fait les étrangers avec leurs compagnons.

Je leur fis comprendre par un geste rassurant, que je n'avais pas l'intention de les assassiner. Puis je montai quatre à quatre les marches conduisant à l'entrée principale du bâtiment que je prenais pour une espèce d'hôtel de ville.

A l'intérieur il faisait frais et tout était calme.

Une lampe sans éclat brûlait sous le plafond. Un escalier en bois conduisait à l'étage supérieur. De là-bas venaient des voix agitées.

C'était une question de secondes.

Tandis que je montai en courant, je déployai mes antennes télépathiques. Je sentis les deux Atlantes bien qu'il ne me fût pas possible de saisir le contenu de leurs

158

conscients. Et il y avait encore là une créature étrangère qui pensait autrement qu'un Terrien. Ce devait être le Denébien.

D'un coup énergique j'ouvris brusquement la porte et pénétrai dans une salle aménagée avec un faste surprenant. Raspoutine se tenait près d'un homme barbu, sous un portrait du tsar Nicolas II. Les deux Atlantes s'approchaient de lui, le radiant énergétique à la main.

Quand ils m'entendirent, Takalor pivota sur lui-même. La haine brûlait dans ses yeux.

— Soyez raisonnable, Takalor, dis-je calmement. Vous ne devez pas tuer cet homme. Vous savez pourquoi.

Oftroc leva son radiant. Je vis son doigt descendre vers le bouton de mise à feu.

— Ne faites pas cela, Oftroc.

Il tourbillonna, pointa le fulgurant sur moi et tira bien que j'y fusse préparé. Mon rayon paralysant le saisit trop tard. Je ne fis feu que lorsque je fus couché par terre et que le rayon incandescent passa en feulant au-dessus de moi. La porte en bois s'enflamma instantanément.

— C'est un Denébien ! cria Takalor.

Je me levai d'un bond et d'un coup lui fis sauter l'arme des mains. Nous nous regardâmes dans les yeux. L'Atlante n'était plus en mesure de penser clairement. Il avait été bien trop près de son but. Maintenant il n'était plus que haine et volonté de tuer. Il était venu d'une époque où une guerre sans pitié faisait rage entre Deneb et Mars. C'était une guerre comme nous ne pouvions l'imaginer. Elle avait forgé Martiens et Denébiens. Elle avait aussi fait de Takalor ce qu'il était aujourd'hui.

Je n'avais pas le droit de le condamner, ni même de le juger ne fût-ce qu'avec dédain.

— Comprenez donc, dis-je en me penchant et en ramassant son radiant. Cet homme joue le rôle de conseiller du tsar. Son influence sur cette époque est énorme et vous ne pouvez la mépriser, Takalor. Je sais qu'il sera assassiné cette année même mais seulement dans sept mois. Vous n'avez pas le droit de le tuer dès aujourd'hui sinon vous modifierez le futur d'une manière incontrôlable. Je ne puis le permettre.

Derrière nous, les flammes montaient. Elles sautèrent sur l'escalier en bois, passèrent par-dessus les poutres et s'étendirent à une vitesse folle. Le barbu et « Raspoutine » s'enfuirent par une porte latérale, à l'insu de Takalor.

L'expression dans les yeux de l'Atlante se modifia. Il me sembla qu'une espèce de compréhension y luisait. Pourtant je savais ce qu'il pensait.

Il n'avait pas l'intention d'octroyer un futur à la Terre. Mais il dépendait encore de nous. C'est pourquoi il ne devait pas encore laisser tomber le masque.

— Bon, d'accord, dit-il. Je vais avec vous.

— Il est grand temps.

Je lui tendis son arme et il la rangea. Puis il ramassa le fulgurant d'Oftroc et prit le paralysé sur ses épaules. Je me dirigeai vivement vers la porte par laquelle le Denébien et le barbu avaient disparu. Dehors, les sirènes ululaient. L'incendie au centre de la ville devait avoir fait sensation. En fait, nous ne pouvions plus nous permettre de traîner ici plus longtemps.

Nous descendîmes par un étroit escalier en colimaçon et nous nous enfuîmes par la porte principale donnant sur la place.

Takalor courut vers l'automobile avec laquelle Oftroc et lui étaient venus. Il ne prêta pas attention aux morts. Il jeta son compagnon sur le siège arrière et s'assit au volant. Je montai également à l'avant.

Des véhicules peints en rouge sortirent de deux rues qui conduisaient sur la place. Sur le marchepied du côté du conducteur se tenait un homme portant un casque et il frappait une cloche avec une baguette. Quelqu'un avait dû prévenir les pompiers pendant ce bref laps de temps.

A ma grande surprise, Takalor savait se servir de ce véhicule archaïque. Le moteur démarra de bonne grâce. Avec fracas, la boîte de vitesses se plia à la volonté de l'Atlante et ensuite commença une course effrénée, de nuit, à travers la ville de Kiev. Les pompiers ne se soucièrent que de l'hôtel de ville. Personne ne nous arrêta.

— Vous êtes déjà souvent venu à cette époque, Takalor, constatai-je.

Il secoua la tête.

— Erreur, général. J'ai seulement gardé les yeux bien ouverts en venant ici parce que je savais que plus tard il me faudrait conduire.

Froidement et ouvertement, il avouait que, dès le début, il avait eu l'intention d'abattre ses conducteurs. Il pouvait supposer qu'une telle chose me laisserait insensible. Mais ce n'était pas le cas.

Je ne lui laissai toutefois pas sentir ma colère.

Takalor était à ma merci et je dépendais de lui. Je voulais quitter cette époque et atteindre l'année 2011. Mais cela n'était possible qu'avec son aide. Je devais l'amener à tout prix sur la Lune quoi qu'il fît jusque-là, que me plût ou non la manière dont il se comportait. Je le devais.

Il avait un sens de l'orientation incroyable. Il trouva la route nous ramenant à l'aérodrome.

Tous feux éteints, nous approchâmes du terrain d'aviation.

162

— Attendez, lui demandai-je.

Il s'arrêta. Je quittai le véhicule et me dirigeai à la hâte vers quelques bâtiments. Je m'arrêtai sous le couvert des arbres et sondai le terrain par télépathie. Mon environnement proche disparut pour moi quand j'eus le contact avec un officier.

Sur l'aérodrome il régnait un calme surprenant. On avait repris le train-train quotidien car on ne s'attendait pas à ce que je revienne.

Nous avions donc la partie facile.

J'informai Takalor. Nous abandonnâmes la voiture. Il mit Oftroc sur son épaule et ensemble nous pénétrâmes sur l'aérodrome. Je paralysai quatre sentinelles avant qu'elles puissent donner l'alerte. Puis nous fûmes près d'un avion. Le plein était fait, l'appareil était prêt à décoller. Je le vérifiai dans la mesure de mes connaissances en la matière.

— Je crois que tout va bien, chuchotai-je, et je l'aidai à hisser Oftroc dans l'appareil. Les deux Atlantes seraient à l'étroit mais cela ne me gênait pas. Je m'assis aux commandes et quelques minutes plus tard, nous mettions déjà le cap à l'ouest.

CHAPITRE IX

Déjà une première bande argentée apparaissait à l'horizon quand nous atteignîmes la région de Rovno. Nous n'eûmes aucun mal à trouver le secteur du front car les canons lançaient constamment des éclairs et le grondement des détonations couvrait même le vrombissement monotone du moteur de l'avion.

Je cherchai à établir la liaison avec le nabot. Je m'appuyai donc en arrière, détendu. Je comptais laisser l'avion poursuivre sa route afin de pouvoir mieux me concentrer mais je remarquai que ce n'était pas possible. L'appareil partait aussitôt en glissade dès que je ne le contrôlais plus. Je ne pouvais me permettre cela. Je dus donc reporter à plus tard la prise de contact.

Takalor se pencha en avant. Il montra le nord-ouest.

— Vous vous écartez trop de la route, me cria-t-il.

164

Je ressentis un vide dans l'estomac. Si l'Atlante avait raison, l'astronef se trouvait alors dans un secteur âprement disputé. L'offensive des Russes avait commencé. Ils tiraient avec tout ce qu'ils avaient. Si nous devions voler au milieu de cette pluie de projectiles, les perspectives n'étaient guère encourageantes pour nous. Une chute pouvait signifier la fin. Et il ne s'agissait pas que de moi. Il m'importait qu'un des deux Atlantes au moins survive. Notre destinée dépendait d'eux. S'ils périssaient au dernier moment, nous n'avions plus aucun espoir à avoir.

— Je contourne le secteur, lui répondis-je en hurlant. Atterrir directement là-bas serait de la folie

Je m'éloignai davantage vers l'est. Il était temps. A l'horizon il faisait de plus en plus clair. Bientôt nous ne pourrions plus nous poser sans être vus et alors nos chances seraient encore plus faibles.

— Pourquoi aussi vous a-t-il fallu poser l'astronef précisément ici ? dis-je avec une colère impuissante. Le monde est assez grand mais non, il a fallu que vous atterrissiez juste entre deux fronts !

Pour la première fois, je le vis rire franchement. Il avait des dents parfaites.

— Soyez heureux que je n'aie pas fait naufrage cinquante ans plus tard, général,

165

cria-t-il d'une voix couvrant difficilement le bruit du moteur. Avec ma chance, je me serais peut-être posé sur une bombe atomique, ou n'en existait-il pas encore ?

— Bien sûr, répondis-je en le croyant même.

Soudain quelque chose frappa l'aile droite. Je vis les éclats voler et au même moment, je sentis de violentes secousses dans les commandes. Involontairement, je regardai en bas et découvris que nous survolions juste un nid de mitrailleuses. En bas, les éclairs jaillissaient à une cadence folle bien que notre appareil portât les emblèmes russes.

Je mis l'avion en piqué jusqu'à ce que nous ne fûmes plus qu'à quelques mètres au-dessus des sapins. Quand je tentai de redresser l'appareil, il n'obéit plus.

Je dus atterrir.

Devant moi surgit un champ dégagé avec au moins quatre emplacements de pièces. Les canonniers tirèrent rapidement l'un après l'autre. De longues écharpes de feu jaillirent des tubes. Pendant un bref instant, il sembla que nous devions passer juste au-dessus d'un canon puis je parvins à faire virer encore une fois l'avion.

Les soldats russes ne nous découvrirent que lorsque nous fûmes juste à la verticale. Je vis leurs visages noircis par la suie, se tourner vers nous, reflétant une stupéfaction sans bornes. Les hommes ne nous avaient pas entendus et ne comprenaient pas d'où nous sortions.

Nous volions à quatre mètres d'altitude seulement, en direction du côté occidental du front. Autour de nous, les obus allemands et autrichiens explosaient. Des éclats passaient au-dessus de nos têtes. Un grand nombre heurtait les ailes et la queue de l'appareil, les criblant de trous. Les deux Atlantes et moi avions depuis longtemps branché nos écrans protecteurs. Mais je doutais qu'ils nous fussent d'une quelconque utilité si nous étions frappés de plein fouet. Avec une violence d'impact de plusieurs tonnes nous nous serions écrasés.

Les roues touchèrent l'herbe, tombèrent dans un fossé et se brisèrent. L'appareil poursuivit sa glissade sur le ventre, tourna deux fois sur lui-même et alla ensuite achever sa course, avec fracas, contre un arbre. Heureusement, à ce moment-là notre vitesse n'était plus très grande. Indemnes, nous quittâmes les débris en rampant.

Takalor voulut dire quelque chose mais le hurlement des obus et les détonations incessantes couvrirent ses paroles. Il fit un signe négatif de la main et courut avec moi vers l'ouest. Nous soutenions Oftroc que nous avions pris entre nous deux. L'effet des

167

rayons paralysants diminuait maintenant de façon perceptible.

Nous fîmes halte dans une dépression du sol.

— Nous devons disparaître d'ici, criai-je à Takalor. L'infanterie russe va bientôt passer à l'assaut et alors il n'y aura plus matière à rire.

Il indiqua le sud.

— Ils doivent être là-bas. Ça ne peut plus être très loin d'ici.

— Attendez, répondis-je.

Je me laissai tomber sur le dos et fermai les yeux. Je me concentrai brièvement sur le major Utan. Il s'était déjà réglé sur moi et se manifesta instantanément.

« Je ne me doutais pas, mon grand, que la vie de noctambule en Russie était si fatigante. Comment était-ce à Kiev ? Les femmes là-bas sont-elles réellement aussi ardentes et aussi libérales qu'on le dit ? »

« Elles ne m'ont pas reçu. Elles ne s'intéressent qu'aux hommes aux grands pieds, à partir du quarante-huit à peu près. »

« Ciel ! Alors il me faut y aller aussitôt ! »

« J'ai parlé d'hommes, Annibal, pas de nains. Quelle est la situation chez vous ? »

Je sursautai en gémissant. Le minus réagissait avec fureur et m'envoyait une impulsion télépathique qui me pénétra jusqu'à la moelle. Mais quand Utan remarqua qu'il était allé un peu trop loin, il en vint aussitôt au fait.

« J'ai inspecté le vaisseau. J'ai pu y pénétrer et vérifier la propulsion. Tout est en ordre. Mais les Denébiens se tiennent à proximité du poste central et nous attendent. Un dur combat en perspective. »

« Aide-moi à vous trouver. »

Je me redressai et sus où étaient Annibal et Framus. Leur position était pour moi aussi nette que si elle avait été signalée par un phare. Ils étaient encore à deux kilomètres environ de nous.

Une demi-heure plus tard, nous les avions rejoints. Annibal offrait un spectacle susceptible de plonger une personne souffrant irrémédiablement de dépression, dans un accès d'hilarité sans frein. Il s'était procuré un uniforme d'officier allemand, hélas beaucoup trop grand pour lui. Il avait donc retroussé les manches et les jambes. Pourtant le vêtement flottait d'une manière inquiétante autour de son corps maigre. J'avais l'impression qu'il ne pouvait le faire tenir que parce qu'il s'était mis deux ceintures. Comme il n'avait pu trouver de bottes à sa taille, il avait conservé les siennes. Elles étaient si grandes qu'il aurait pu écraser un emplacement de mitrailleuse avec elles. Malheureusement il n'avait pu mettre la main sur aucun couvre-chef allant avec cet uniforme, seulement sur la casquette haute d'un officier austro-hongrois. Elle était trop grande pour lui et lui serait certainement descendue jusqu'aux épaules s'il n'avait pu la faire reposer sur ses oreilles en feuilles de chou.

Takalor écarquilla les yeux quand il revit le major Utan ainsi accoutré. Désemparé, il me regarda avec un tressaillement suspect au coin des lèvres.

A cet instant, je n'aurais vraiment pas pu lui expliquer que c'était là le major Utan, agent secret MA-23 du C.E.S.S., l'un des hommes les plus dangereux de notre organisation. Annibal donnait plutôt l'impression de s'attendre à ce qu'en le voyant, ses ennemis se mettent eux-mêmes hors de combat par un rire convulsif.

Mais nul mieux que moi ne savait à quel point cette impression était trompeuse. Le nabot visait de tels effets en toute connaissance de cause et il avait déjà gagné de nombreux duels paraissant voués à l'échec, parce que son adversaire l'avait sous-estimé.

Quand il jugea que les Atlantes avaient surmonté leur stupéfaction et allaient maintenant l'écouter, il dit en tendant le bras en direction de l'astronef :

— Cette chose est un piège. Les Denébiens sont là et attendent que nous entrions. Allons-nous le faire ?

170

— Cela va sans dire, répondit Takalor énergiquement.

— Je propose que l'un de vous reste ici.

— Non.

— Je trouve que c'est une bonne suggestion, déclarai-je. Le major Utan a raison. L'un de vous doit absolument atteindre la Lune.

Le visage de Takalor se raidit et ses regards devinrent glacés. Je sentis que la distance entre nous grandissait par bonds. Maintenant on voyait à quel point il s'était jusqu'alors dominé à notre égard. Il avait supporté pas mal de choses. Mais désormais il faisait nettement comprendre qu'il se considérait d'une intelligence bien au-dessus de la nôtre. Il venait d'un monde bien supérieur au nôtre. Et quiconque tentait d'expliquer ne fût-ce que la technique d'un simple régulateur de lumière à bord des astronefs martiens, ou de reproduire un simple robot domestique, devait comprendre à quel point l'écart était grand.

Il se tenait au milieu de la pluie d'obus, faisant comme si tout cela ne le concernait absolument pas. Il ne pensait nullement à se régler sur nous mais attendait avec l'assurance naturelle d'une haute intelligence, que nous nous adaptions à tous ses intérêts.

En ces secondes je compris ce que cela avait dû signifier pour lui que je l'aie empêché de tuer le Denébien « Raspoutine ». J'étais convaincu qu'il se serait immédiatement séparé de nous s'il avait seulement pu se le permettre.

Je ne voulais pas que les choses en arrivent là.

— Comme vous voulez, répondis-je. Naturellement, nous aimerions que vous alliez tous deux sur la Lune, Takalor.

Il me fit un signe de tête condescendant, sortit son radiant de son ceinturon et le vérifia.

Framus Allison qui s'était tenu un peu à l'écart, vint vers nous. Il bâilla sans ôter les mains de ses poches.

— Les Russes arrivent, dit-il aussi tranquillement que s'il avait annoncé le bulletin météorologique. Ils attaquaient avec les chars. Si nous restons ici encore longtemps, nous assisterons au meilleur enseignement de l'Histoire par l'image.

Le soleil, rouge sang, se leva au-dessus de l'horizon. Il introduisait une journée qui, en ce secteur du front, allait signifier la mort pour des milliers de soldats des deux côtés. Nous nous mîmes à courir. Les buissons et les petits sapins nous offraient encore une protection suffisante. Mais cela cesserait bientôt quand les blindés arriveraient avec un large cordon de soldats d'infanterie.

Heureusement l'astronef n'était pas trop

loin. Je me demandais ce que feraient les Denébiens pour tenir les Russes éloignés de l'appareil mais ils semblaient avoir déjà pris les précautions nécessaires. Quand nous ne fûmes plus qu'à cent mètres de la merveille martienne, je compris que l'offensive était menée sur deux axes principaux qui évitaient le vaisseau en passant au nord et au sud. Pour moi c'était la preuve manifeste que des Denébiens devaient être à l'œuvre également auprès du haut commandement russe.

Deux grands trous béaient dans la coque bleuâtre, en métal MA, de l'astronef. Je supposais que des armes denébiennes à haute énergie en étaient à l'origine car ce matériau ne pouvait être détruit avec les obus de la Première Guerre mondiale. Le dos courbé, nous courûmes vers l'une des brèches. Annibal filait devant nous. J'avais peur qu'il ne se prenne les pieds dans ses jambes de pantalon beaucoup trop larges.

Sans être inquiétés, nous atteignîmes l'ouverture.

« Je suis déjà entré par ici à l'insu des Denébiens », me communiqua Annibal par télépathie.

— Restez en retrait, Framus, ordonnai-je. Couvrez nos arrières.

— D'accord, dit-il, le visage inondé de sueur.

La course d'assaut l'avait fatigué. Il s'arrêta près de la brèche tandis que nous poursuivions. Ce n'est que lorsque nous eûmes une dizaine de mètres d'avance qu'il nous suivit.

Dans le vaisseau, tout était silencieux. Annibal nous conduisit vers un puits antigrav et sans dire un mot, indiqua le haut. Au-dessus de nous, les Denébiens étaient aux aguets.

Les caméras étaient-elles branchées ? Pouvaient-ils nous observer ?

Nous nous trouvions dans une soute. Ici on voyait maintenant nettement qu'une arme à haute énergie était effectivement responsable des dégâts causés au navire. Les destructions étaient sans ambiguïté. Le matériau avait fondu sous l'effet des rayons énergétiques brûlants et s'était ensuite refigé en des formes bizarres.

Oftroc disparut par une porte latérale ouverte. Takalor me fit comprendre que là-bas une échelle conduisait en haut. Nous devions également emprunter ce chemin.

Les yeux d'Annibal devinrent fixes. Takalor se tournait déjà vers l'échelle. Je m'occupai seulement du nabot, veillant à ce que dans cet état de concentration psy, il ne tombât pas tout simplement. Peu après, ses yeux s'éclaircirent de nouveau et se réanimèrent.

174

— Ils sont en haut, dit-il d'une voix rauque.

Je remarquai que Takalor avait déjà escaladé l'échelle.

— Sacrebleu, nous devons veiller sur lui, dis-je. Nous devons les protéger. Il ne doit rien leur arriver.

Il me donna un coup pour me faire avancer. Je grimpai l'échelle à toute allure en m'adressant les reproches les plus sévères pour avoir laissé les deux Atlantes prendre tant d'avance.

— Soyez prudent, Takalor ! criai-je quand j'eus atteint le pont suivant.

Les deux Atlantes couraient dans une large coursive. Ils étaient passés devant deux portes coulissantes qui s'ouvrirent à cet instant.

Takalor réagit à la vitesse de l'éclair et avec sûreté. Il se laissa tomber et roula sur le côté. Un rayon d'énergie éblouissant jaillit en feulant au-dessus de lui, frappa la paroi et liquéfia le matériau. La violence d'impact du rayon fit jaillir des gouttes de feu qui traversèrent le couloir. Elles auraient brûlé quiconque aurait été sans écran protecteur.

Mais ce n'était pas là le plus important.

Oftroc réagit moins vite et de manière moins réfléchie que Takalor. Il s'arrêta, tourbillonna sur lui-même et tenta de riposter au tir. Mais il n'y parvint pas tout à fait. Il se tenait sous une pluie de feu sous laquelle son écran individuel se colora à peine. Mais au même moment, un autre Denébien tira sur lui depuis une seconde porte. L'ennemi juré de l'Atlante frappa ce dernier juste sur son projecteur d'écran protecteur.

Oftroc poussa un cri. Il fut projeté en arrière. Le Denébien tira de nouveau et reçut l'appui de l'homme qui avait attaqué Takalor. Le projecteur de champ n'était pas de taille à résister à ce double tir. Tandis qu'Annibal et moi saisissions nos armes, en un éclair, et prenions les deux Denébiens sous notre feu, je vis l'écran protecteur d'Oftroc virer au rouge sang. Je savais qu'il était trop tard. Je me précipitai pourtant vers l'une des portes coulissantes et liquidai le Denébien à bout portant.

Il fut complètement pris au dépourvu.

Quand il s'effondra, je me retournai. Annibal avait tué le deuxième Denébien. Takalor se redressa. Il était livide et paraissait effaré.

Oftroc était couché par terre. Le scintillement vert de son écran n'existait plus. Ses jambes n'étaient guère plus que des cendres. Ses brûlures aux épaules et à la hanche étaient si graves qu'il ne survivrait pas.

Maintenant, Takalor était notre dernière chance.

L'Atlante s'agenouilla près du mourant. Il se pencha au-dessus de lui et posa son oreille contre ses lèvres. Oftroc chuchota quelque chose. Je ne pus ni comprendre, ni briser son blocage psy.

Avec Annibal je poursuivis ma course dans le couloir. Notre chemin s'arrêtait devant un sas blindé qui ne pouvait être ouvert de ce côté-ci.

— Soyons sincères, mon grand, dit Utan. Nous sommes pris au piège. Nous ne pouvons faire sortir les Denébiens. Nous devrions donc disparaître aussi vite que possible.

Quand je me retournai, je vis que Takalor avait pris Oftroc mourant dans ses bras. Il disparut avec lui à l'arrière-plan, par une porte que je n'avais pas remarquée jusqu'alors. Je sentais que quelque chose n'allait pas mais je ne devinais pas la vérité.

Là-bas où se trouvait le Denébien que j'avais abattu, je crus voir un mouvement. Je courus dans cette direction, bondis par la porte ouverte dans une pièce pleine d'appareils positoniques et m'arrêtai près d'une autre porte coulissante. Je sondai les environs immédiats et baissai mon arme. Je m'étais trompé. Ici il n'y avait personne.

Quand je revins dans le couloir, Takalor ressortait lui aussi.

Il me regarda d'un air grave.

— Oftroc est mort, dit-il puis il serra les lèvres et ses yeux se rétrécirent. Cela n'a plus aucun sens, général. Nous devons quitter le vaisseau.

— Vous voulez renoncer à liquider les Denébiens?

— Partie remise n'est pas perdue, répondit-il et déjà il se dirigeait vers l'échelle. Par ailleurs, je crains que d'autres Denébiens ne viennent de l'extérieur. Dans ce cas, nous ne pourrons absolument plus sortir d'ici.

— Je partage ce point de vue avec vous, répondis-je.

Mais je m'arrêtai court. Pourquoi disait-il cela? C'était pourtant notre intention depuis le début, d'appareiller avec cet astronef et de disparaître. Ainsi nous échapperions automatiquement à tous les groupes de combat venant de l'extérieur.

Il descendit l'échelle si vite que je crus qu'il était tombé. Mais en bas il se rattrapa avec adresse.

Annibal et moi, nous nous regardâmes.

— Vite, dit-il nerveusement. Nom de nom, ils nous ont roulés! Nous devons filer!

D'un coup je compris.

Toute protestation arrivait trop tard et était inutile. Je descendis l'échelle aussi vite que Takalor et courus derrière lui. Le nabot me suivit en jurant. Il invectiva les Martiens et tout ce qui était en rapport avec eux, parce qu'ils avaient osé quitter leur planète natale et passer à l'action sur notre bonne vieille Terre.

Framus Allison ne sut que penser de la situation quand Takalor passa devant lui en courant. Mais il se laissa entraîner par nous.

— Ne voulez-vous pas me dire enfin ce qui se passe ? hurla-t-il.

Je vis l'Atlante qui entre-temps avait pris près de cinquante mètres d'avance. Nous sortîmes d'un bond par le trou béant dans la coque, atterrîmes sur le sol mou de la forêt et nous forçâmes le lourd Australien à battre son record de course à pied. Il supporta cette torture sur une centaine de mètres mais ensuite il se débarrassa énergiquement de nous. Il s'arrêta en haletant.

Nous avions atteint le bord d'un fossé de cinq mètres de profondeur environ. Takalor était couché au fond. Il donnait l'impression d'être tombé et d'être maintenant sans connaissance.

— Que se passe-t-il ? demanda Framus en gémissant.

Je l'attrapai, sans autre forme de procès, et le projetai en bas près de l'Atlante. Puis Annibal et moi le suivîmes.

Quelques fractions de seconde plus tard, là-bas où se trouvait l'astronef, le sol parut s'ouvrir. Un jet de flammes verdâtres monta dans le ciel. Vif comme l'éclair, je me mis le bras sur les yeux. Pourtant, les rayons lumineux semblèrent me percer les yeux comme un millier de poignards. J'entendis le minus crier de douleur.

Des arbres qui éclataient, des buissons en feu et des débris enflammés passèrent au-dessus de nous en tourbillonnant. Le sol sembla s'ouvrir. Je me sentis soulevé ; craignant d'être projeté au loin, je saisis involontairement une racine d'arbre.

Takalor semblait savoir mieux que moi, que le danger était passé. Il essayait déjà de grimper pour sortir du fossé mais glissait constamment en arrière.

En deux sauts énergiques, je montai alors la pente et regardai l'endroit où, quelques minutes plus tôt, se trouvait encore un astronef sphérique. Il n'était plus là.

— Bombe à destruction moléculaire, dit le nabot près de moi. Maintenant je comprends tout.

Sa voix tremblait d'une rage contenue.

— Du calme, lui chuchotai-je. C'est trop tard. Prends-en ton parti.

Takalor qui dans l'intervalle était également sorti du fossé, s'appuya contre une souche. Il avait un sourire hautain et supérieur.

Je n'aurais pas été surpris s'il avait demandé : « Eh bien, vous ne vous y attendiez pas, hein, barbares ? »

— C'était donc ça, Takalor ! dis-je. Oftroc

n'était pas encore mort. Il vous a demandé de l'amener dans la sainte-barbe. Naturellement, vous connaissiez votre chemin dans cet astronef. Vous lui avez fait ce plaisir et lui avez mis un destructeur moléculaire dans la main. Vous saviez combien de temps s'écoulerait avant la mise à feu. Vous avez atteint votre but. Félicitations ! Plus un seul Denébien n'aura survécu.

— C'est ainsi, général, répondit-il avec un sourire satisfait.

— Espèce d'imbécile ! dit Annibal furieux. Vous avez détruit l'astronef et nous avez ainsi coupé la route de la Lune.

— En effet. Et si vous pensez qu'en cas de nécessité, vous pourrez gagner la Lune avec le déformateur temporel, je dois vous décevoir. Après la panne du quartz oscillant en 5-D, l'appareil n'a pas assez de puissance propulsive. Il ne peut plus quitter le champ de pesanteur de la Terre.

— Alors force m'est de constater que vous avez échoué vous aussi, dis-je. Votre mission n'est pas encore remplie.

— Croyez-vous ? demanda-t-il avec ironie.

Il m'échappait. Il n'était pas disposé à discuter de cette question avec moi. Je remarquai que je ne devais pas pénétrer en lui. Je renonçai à poser d'autres questions.

Framus Allison me tapota l'épaule. Son visage rond luisait de sueur.

— Avez-vous pensé, Thor, que dans quelques minutes l'endroit grouillera de soldats ?

Je pris conscience que le grondement des canons s'était tu des deux côtés du front. Les fusils non plus ne claquaient plus. L'Australien avait raison. Cela ne durerait vraiment plus longtemps avant que les premiers commandos de reconnaissance n'apparaissent ici.

Je regardai Takalor.

Involontairement, il nous avait aussi fait plaisir. Il avait supprimé l'astronef et donc rendu impossible une manipulation du futur.

— Nous nous retirons vers le nord, décidai-je.

L'Atlante semblait s'y être attendu. Je n'avais pas encore fini ma phrase qu'il s'éloignait déjà. Nous le suivîmes. Annibal recommença à jurer. Framus Allison gardait le silence. La marche lui demandait de tels efforts qu'il n'avait pas de souffle à gaspiller en remarques quelconques.

Nous devions retourner au transmetteur temporel. Au cours de la prochaine halte, je prendrai contact avec Kiny Edwards.

Je ne pouvais imaginer que nous fussions irrémédiablement prisonniers de cette époque. Il devait y avoir une issue.

Je regardai en direction de l'Atlante.

Il faisait comme si nous n'existions plus. Je comprenais cet homme encore moins qu'avant. Il était mystérieux et impénétrable. Tout ce que je croyais savoir, c'était qu'il suivait désormais un plan. Il avait besoin de nous sinon il se serait déjà séparé de nous.

Ma seule consolation c'était que son objectif, tout comme avant, était la Lune. Là-bas il avait une mission à remplir. Il lui fallait donc un moyen de transport quelconque pouvant le conduire sur le satellite de la Terre.

Je décidai, dès à présent, de ne plus le quitter des yeux.

FIN

DÉJA PARUS DANS LA MÊME COLLECTION

Achevé d'imprimer en décembre 1986
sur les presses de l'Imprimerie Bussière
à Saint-Amand (Cher)

— N° d'impression : 3063. —

Dépôt légal : janvier 1987

Imprimé en France